debout dans l’eau

De la même autrice

Le Goût de la limace, Quadrature, 2017

www.lerouergue.com

Zoé Derleyn

debout dans l'eau

la brune au rouergue

À ma fille

Ni maintenant ni maintenant

Debout, de l'eau jusqu'à la taille, je suis capable de rester immobile dans l'étang très longtemps. Mes pieds disparaissent peu à peu dans la vase. À travers le reflet de mon maillot rouge, j'aperçois mes jambes, tronquées aux chevilles. Je laisse les poissons s'approcher de moi jusqu'à ce qu'ils m'embrassent les mollets, les genoux, les cuisses. Je ne bouge pas, j'oscille légèrement, je respire au rythme de l'eau, je fais partie de l'étang.

J'entends ma grand-mère qui m'appelle mais je ne réponds pas, ça gâcherait tout.

Au moment où les poissons s'imaginent que je suis un vieux tronc d'arbre, une branche, j'en attrape un : les doigts serrés sur les écailles visqueuses, je le sors de l'eau et je le brandis comme un trophée, juste le temps de savourer mon exploit, je le relâche avant qu'il n'ait vraiment compris ce qui lui arrivait.

En face de moi, la berge est vide, personne pour applaudir ma main triomphante fermée sur le poisson. Personne pour me voir extirper mes pieds de la vase, nager lentement dans l'eau tiède, dans le plaisir du mouvement retrouvé.

Dans le verger, j'arrache des touffes d'herbe pour frotter mes chevilles et mes mollets. Je m'allonge près des groseilliers à maquereau, je croque quelques fruits pas encore mûrs. Ma grand-mère ne m'appelle plus, elle doit penser que je suis partie jouer à la ferme. Que je suis trop loin pour l'entendre. En séchant, la vase laisse des traces presque dorées sur ma peau. L'odeur de l'étang reste sur moi. Un des chiens, Baron, trouve ma cachette ; il me renifle, me lèche le genou. Il attrape une groseille à maquereau, la recrache tout de suite ; dans quelques jours, quand elles seront sucrées, il les avalera. Il faudra faire attention à bien fermer la barrière du verger, sans quoi il les mangera toutes.

Baron se couche le long de moi et presque tout de suite j'ai trop chaud. Je passe mes doigts dans ses poils noirs, quelques-uns restent collés sur ma paume. Je m'essuie dans l'herbe, puis sur la surface brillante de mon maillot.

***

La cuisine est sombre et mes yeux ont du mal à s'habituer au changement de luminosité. Le carrelage est frais sous mes pieds.

– Ah, tu es là.

Ma grand-mère pèle des carottes et des pommes de terre. Je m'assieds en face d'elle. J'ai faim. J'allonge la main pour attraper une carotte mais elle fait un geste du menton vers la boîte en carton du pâtissier posée sur le buffet. Je prends un éclair au chocolat entre mes doigts, les mêmes qui ont serré le poisson. Le chocolat a légèrement fondu. Je m'installe à la fenêtre, face à l'allée.

– Tu crois qu'elle va venir ?

Elle hausse les épaules, prétend ne pas savoir de qui je parle.

– Qui ?

– Elle. Maman. Tu crois qu'elle va venir ?

– Rien n'est moins sûr.

Ma grand-mère pèle une carotte comme si elle voulait la punir.

***

L'eau de la douche vient de l'étang. Elle est filtrée quelque part à la cave. L'eau de la douche n'est pas verte ni brune, elle n'a plus le goût ni l'odeur de l'étang mais on ne peut pas la boire ; même si elle est filtrée, c'est bien l'eau des poissons. Le seul robinet d'eau potable de la maison se trouve à la cuisine. Je me lave de l'étang avec de l'eau de l'étang. J'utilise du savon liquide, beaucoup de savon liquide. Ma grand-mère en a des tas de flacons, de toutes les couleurs, de tous les parfums. Lavande. Pomme. Vanille. Je fais des mélanges, je me lave plusieurs fois de suite. Arrive un moment où j'en ai assez. Je m'enroule dans une serviette de bain. Je passe la tête par la porte entrouverte, je vérifie qu'il n'y a personne dans le couloir. Je cours jusqu'à ma chambre, laissant des traces mousseuses sur le plancher.

Je suis contente que mes cousins ne soient pas là. Ma grand-mère a parfois peur que je m'ennuie, toute seule pendant les vacances scolaires. Alors, elle invite des cousins éloignés et d'autres cousins pas si éloignés que ça. Je préfère m'ennuyer seule plutôt que jouer avec eux. Quand ils sont là, j'organise des parties de cache-cache pour leur échapper. Je me recroqueville derrière une vieille malle. Un des cousins vient inspecter le grenier, il tourne dans la pièce en m'appelant : Je sais que tu es là, montre-toi ! Je ne suis pas stupide. La poussière me donne envie d'éternuer alors je me frotte le palais du bout de la langue et je résiste. Je reste immobile, comme dans l'étang. Il ne me trouve pas et il s'en va, il referme la trappe derrière lui. Je pose mon oreille contre ma montre-bracelet. Je savoure le doux cliquetis de ma victoire. Je me demande s'ils ont arrêté la partie de cache-cache. Je me demande s'ils partiront avant que je ne descende. Je suis certaine que je suis la seule qu'il n'a pas trouvée, mon débile de cousin.

Je rince mon maillot rouge, je l'essore, l'eau fraîche coule entre mes doigts serrés, et je le pose sur le radiateur éteint. À travers la fenêtre, le soleil est brûlant ; demain matin, mon maillot sera sec. Je m'essuie paresseusement, je m'habille, la peau encore humide. Un jeans, des baskets, et un T-shirt bleu presque gris, avec le dessin à demi effacé d'un arc-en-ciel. Il est temps que j'aille le voir, dans sa chambre, comme chaque jour. Mon grand-père.

Je m'assieds au bord de son lit. La machine est posée par terre, les tubes en plastique remontent jusqu'à ses narines. Il a fort maigri. Ce n'est pas le même grand-père que celui qui m'avait réveillée à minuit, m'obligeant à aller chercher à la nage la barque orange que j'avais oublié d'amarrer et qui avait glissé jusqu'au milieu de l'étang.

Je lui dis que les groseilles à maquereau ne sont pas encore mûres.

Il demande si j'en ai mangé quand même.

Je réponds que non, je démens, je secoue la tête. Quelques gouttes d'eau tombent de mes cheveux en petites taches foncées sur mon jeans.

Le bruit de la machine me paraît fort au début, il finit par se mêler à nos silences.

C'est une belle chambre. Je l'aime bien parce qu'il y a des fenêtres des deux côtés. La vue arrière est la plus belle, l'étang, puis les pâtures encadrées de peupliers, une rangée de saules têtards qui suit le ruisseau jusqu'à sa source, loin là-bas. Quand mon grand-père n'était pas malade, il restait déjà des heures devant la fenêtre. Debout. Il y a quelques années, je lui avais demandé où s'arrêtait notre jardin. Il avait ri, à cause du mot *jardin*. Il avait dit : On voit que tu es née en ville. Quand j'étais plus petite, en visite chez les uns ou les autres de mes cousins, en ville, je demandais si l'eau du robinet était potable. Mes tantes gloussaient : On voit que tu vis à la campagne.

Mon grand-père avait répondu, avec un large geste du bras : Le *jardin*, c'est tout ça. Tout ce que tu vois. Et même plus loin. Cela ne m'avait pas particulièrement surprise, que le paysage entier nous appartienne.

Mon grand-père lève le bras, en direction de la fenêtre la plus proche de son lit. Son geste est petit, à présent, c'est un résumé du geste.

– C'est ça qui va me manquer, dit-il.

Ça ne m'étonne pas. Que ce soit tout ça qui lui manquera plutôt que nous. Je le comprends. Je veux bien être privée de grand-père, mais pas de ça.

Il répète la même phrase.

– C'est ça qui va me manquer.

Je fais des tresses avec les franges de sa couverture.

Je sais bien qu'il va mourir. Bientôt. Je sais bien que sans l'oxygène de la machine, il serait déjà mort. Mais j'ai du mal à croire que ça va réellement se produire. J'ai l'impression que je pourrais rester assise là, sur son lit, éternellement. Il ne va pas mourir maintenant. Ni maintenant ni maintenant.

Je crois que je vais avoir onze ans et demi presque douze et un grand-père mourant pour toujours.

L'étang

L'étang s'enroule autour de la maison dans une étreinte tiède. Il lèche les murs jour et nuit et lorsque le niveau de l'eau baisse, en période sèche, la brique mise à nu garde la trace verdâtre de cette étreinte.

L'odeur des berges est douceâtre, collante. Déjections d'oies et herbe humide échauffées par le soleil. L'odeur à fleur d'eau est celle de la pluie, du ruissellement, l'odeur d'une brise qui se propage depuis les peupliers, glisse le long des branches des saules pour venir rider la surface sombre de l'étang. L'odeur de la vase est moite de vie. Quand les pieds s'y enfoncent des bulles de gaz s'en libèrent, remontent le long des jambes pour atteindre l'air libre. Dans les premiers centimètres, la vase est gluante et douce, de couleur marron, tirant sur le jaune, parfois le rouge. Sous cette couche, la vase est noire, compacte. Froide. Puante parfois.

Les berges sont abruptes. Les saules têtards s'y accrochent, tellement penchés vers l'eau qu'ils ont l'air sur le point de basculer tête la première dans leur propre reflet. Les canes couvent entre leurs branches. À peine éclos, les canetons sautent dans l'étang. Et quelques jours plus tard, la moitié d'entre eux a déjà été dévorée par les rats d'eau.

À deux mètres du bord, un adulte n'a plus pied. L'étang n'est pas tout à fait un étang. Ces fossés-là n'ont pas été creusés pour rire. Ce sont des douves. Personne n'utilise ce mot. Je ne l'ai jamais entendu.

Dès lors que les douves ne sont qu'un étang, la maison est juste une maison.

Matin

Le soleil d'été contourne les rideaux pour pénétrer dans ma chambre, me faisant croire qu'il est bien plus tard qu'en réalité. Si je descends, la cuisine sera froide, sans odeur. Elle sera beaucoup trop grande. Il n'y aura pas de café qui coule, pas de tartines en train de griller. La table sera toute lisse. Je déteste cette cuisine-là. Si j'ouvre la porte, le jardin sera étranger lui aussi. Il sera étincelant, couvert de rosée et j'aurai l'impression de le déranger.

Personne n'a envie de se lever avant sa grand-mère.

Les chiens n'auront pas encore été nourris. Les chiens qui ont faim sont nerveux et ceux-ci ne sont pas différents des autres, mais ils sont grands et leur nervosité sera encombrante. Ils presseront leurs truffes contre moi, me donneront des coups de tête à me faire tomber, Roc éraflera mes jambes de ses longues griffes. Il gémira, les yeux à moitié cachés derrière ses sourcils et la mâchoire de travers. Il a dû être renversé par une voiture, avant que quelqu'un ne l'abandonne devant chez nous, et on dirait qu'il montre les dents en permanence, comme s'il était fâché. Comme s'il n'avait toujours pas avalé d'avoir été laissé là, attaché à la grille où ma grand-mère l'a trouvé un matin en allant nourrir les poules. Je pourrais me sentir proche de lui, je suppose. Nous sommes ici pour les mêmes raisons, notre propriétaire précédent ne voulait plus de nous. Et aucun de nous n'a de pedigree, lui n'est ni un labrador noir comme Baron ni de la race dont j'ai oublié le nom comme Tempête, qui est gigantesque et de couleur fauve et qui ressemble un peu à un lion qui aurait une tête noire, et moi, je suis à peine la fille de ma mère. Mais je ne me sens pas proche de lui. C'est juste un chien, haut sur pattes, noir et touffu, et qui sent mauvais quand il pleut, exactement comme les autres.

Je ne me laisse plus avoir par la lumière mensongère du soleil d'été. Quand je me réveille, je garde les yeux fermés et j'écoute. Ma grand-mère ne fait pas beaucoup de bruit mais si je me concentre, j'entends. L'eau qui coule et l'écho métallique de la bouilloire qui cogne contre la cuisinière. Le bruit de succion de la porte du frigo qui résiste quand on veut l'ouvrir. Ses « Ouste ! » quand un des chiens traîne dans ses jambes. Ce doit être Baron. Alors je sais que je peux me lever, que la cuisine aura sa taille normale et que les chiens me laisseront en paix.

J'enfile mon maillot rouge et, par-dessus, un jeans et un sweat-shirt vert foncé sur lequel il est inscrit : Lake Placid Adirondack Mountains. Le Lake Placid est un lac en Amérique. Ma grand-mère m'a acheté le sweat-shirt à la brocante de la paroisse, au printemps. Il est trop grand pour moi, c'est une taille adulte, je dois en rouler les manches plusieurs fois et il m'arrive presque à mi-cuisses. Je descends l'escalier et je m'arrête sur le palier. Je me regarde dans le grand miroir. Mon sweat-shirt trop long et mes cheveux un peu bouclés et un peu roux qui viennent d'ailleurs. Elle, ma mère, disait qu'enfant les siens avaient exactement la même couleur et que vers sept, huit ans, ils avaient commencé à foncer. Les miens ne foncent toujours pas. Ma grand-mère ne s'y est pas trompée. Elle a toujours affirmé que je n'avais les cheveux de personne. Personne, ça veut dire une autre famille. Elle le répétait souvent, avant. Elle ne le dit presque plus jamais. Mais parfois, elle passe la main dans mes cheveux et ses yeux le disent encore. Et puis elle me tapote les joues et ses yeux disent autre chose : Tu as les mêmes joues que moi, je te reconnais.

Je murmure face à mon reflet : Lake Placid Adirondack Mountains.

La porte de la cuisine est grande ouverte sur le jardin. Le rectangle de lumière qui réchauffe le carrelage est traversé de petites particules en suspension. Les chiens sont couchés dans leurs paniers, sauf Baron qui est allongé sous la table, à sa place. Sa belle tête posée sur ses pattes, il attend tranquillement que quelqu'un s'installe, qu'une jambe imprudente le cogne ou qu'un pied écrase sa queue pour pouvoir mordre le mollet fautif. Une morsure amicale mais une morsure quand même, laissant parfois de petits bleus douloureux. Baron est toujours dans le chemin. C'est le chien préféré de mon grand-père. Il prétend que c'est le plus intelligent. Baron est peut-être le plus malin mais c'est aussi celui qui s'attire le plus d'ennuis. Il s'échappe, il profite d'un instant où la grille est ouverte et il s'enfuit dans les champs, court après le gibier. Il rend les chasseurs furieux. Ils ont déjà menacé plusieurs fois de lui tirer dessus. Ils disent qu'il faudrait l'attacher ou le mettre en cage, comme les chiens de ferme. Mon grand-père refuse d'enfermer ses chiens. Il déteste les chasseurs. Mais il est bien obligé de les laisser chasser dans son jardin. C'est la loi.

Je glisse les jambes prudemment sous la table pour ne pas cogner Baron. Ma grand-mère a déjà mangé. Elle passe derrière moi, sa tasse de café en main, me pince l'épaule du bout des doigts pour me dire bonjour. Elle s'installe sur la chaise en face de moi, regarde l'heure sur l'horloge en plastique blanc qui est accrochée au mur, au-dessus de l'ancienne pompe à eau. Au même moment, la voiture de l'infirmière à domicile remonte l'allée.

Les chiens se lèvent, ils attaquent en bande. Roc essaie de mordre les pneus, Tempête saute sur la porte côté conducteur, ses deux grosses pattes posées sur la vitre et Baron se jette devant la voiture, manquant de se faire écraser, pour la forcer à ralentir. Les premiers jours, une autre infirmière venait puis elle a abandonné, à cause des chiens. Alors maintenant c'est Inge qui lave mon grand-père. Sa voiture est blanche et petite. Inge ouvre la portière et crie sur les chiens, ils reculent en battant la queue, la langue pendante, ravis. Il n'y a que Baron qui tente encore de se mettre dans ses jambes. Il rêve de lui mordre le mollet. Moi aussi j'ai parfois envie de mordre Inge. Elle essaie d'être joyeuse mais elle n'y arrive pas. Elle a une figure longue.

Inge prend le café avec ma grand-mère, debout dans la cuisine. Elles parlent en flamand, pas le flamand qu'on doit utiliser en classe, elles parlent l'autre flamand, celui de la cour de récréation. Je n'écoute pas leur conversation, je refuse d'écouter leur conversation. Je reste dans ma tête, en français. Les mots traversent quand même et me parviennent, des mots de maladie, d'attente, des mots qui retiennent leur souffle.

Le carré lumineux de la porte ouverte s'est déplacé. Je ramène doucement mes jambes vers moi, je me lève et je m'en vais vers la lumière, en prenant garde à ne pas bousculer Baron.

La reine du Pajottenland

Je m'y entraîne depuis des années. Faire le tour de la maison par l'extérieur, par l'étang, en prenant appui sur le petit rebord qui court sous l'eau tout le long de la façade. Quand j'étais petite c'était facile, l'eau me portait. Au fil des années, mon corps dépasse de plus en plus le niveau de l'eau et je dois me porter moi-même. Cet été, c'est devenu très compliqué. Presque impossible. L'eau m'arrive à peine au-dessus des genoux et je dois m'agripper au mur pour maintenir l'équilibre de mon corps. Mes doigts s'accrochent à la moindre aspérité entre les briques et des débris de mortier s'enfoncent sous mes ongles. Je m'érafle les côtes, les cuisses ; mes genoux m'encombrent, ils me repoussent vers l'arrière. Mais je continue quand même.

Il s'agit d'une discipline olympique et je suis le meilleur espoir de l'équipe belge.

Le rebord est étroit, à peine quelques centimètres, et glissant. Mes orteils dérapent. J'arrive au bout de l'aile gauche, le tournant représente un passage délicat, plus d'un candidat y est tombé à l'eau. Je passe le coin avec une aisance assez exceptionnelle pour mon âge, le présentateur rappelle que je suis la benjamine de la compétition. J'attaque la grande longueur, la façade arrière de la maison. Je passe sous le jardin du curé puis sous les fenêtres du bureau de mon grand-père, sous le salon et sous la chambre de mes grands-parents, la précision de mes mouvements est formidable bien que mes mains commencent à me faire souffrir. Je colle mon front contre le mur pour maintenir l'équilibre et de la poussière tombe dans mes yeux. J'ai les ongles cassés et les bouts des doigts me brûlent.

Je pourrais bien gagner la médaille d'or.

Je reste concentrée, je suis collée à la façade, la foule retient son souffle devant mon exploit. Je passe sous la salle à manger et j'arrive au second tournant, je franchis l'obstacle, surmontant ma fatigue, dans un mouvement qui ne trahit pas l'effort. Encore une dernière ligne droite, l'autre partie de la salle à manger, le hall, la cuisine et, au-dessus de la cuisine, ma chambre. Un murmure parcourt les spectateurs, la voix du présentateur est de plus en plus aiguë, il ne me reste que quelques mètres, j'approche de la berge, je vais jusqu'au bout – la règle veut que l'on ne touche pas le fond de l'étang, même à la fin –, je pivote comme je peux sur le minuscule rebord, je saute sur la berge, mon pied glisse et je dérape mais je réussis quand même à rester debout, je me tourne vers mes admirateurs et je salue, les bras ouverts, torse gonflé. Le vent qui souffle dans les peupliers entame *La Brabançonne*, je baisse légèrement la tête, un homme avec une moustache fait glisser autour de mon cou le ruban noir jaune rouge auquel est accrochée la médaille.

C'est de l'or, j'ai gagné. Je tiens la médaille entre mes dents. La foule est en délire.

On m'appelle : la reine du Pajottenland.

Lake Placid Adirondack Mountains

Je grimpe sur le muret dans le prolongement des garages. À quelques mètres en dessous de moi, l'étang. Je roule mon sweat-shirt en boule pour en faire un oreiller et je m'allonge, jambes pliées, le Lake Placid Adirondack Mountains sous ma tête. Je ferme les yeux. Il fait de plus en plus chaud depuis quelques jours.

Je n'ai jamais été en Amérique. Je n'ai jamais été nulle part. Je vais à la mer, parfois, avec ma grand-mère. On passe la journée à la plage puis on dort à Bruges, chez sa sœur, ou à Gand, chez son autre sœur. L'année passée, je l'ai entendue demander à une de mes tantes de m'emmener en vacances, en Espagne, avec mes cousins. Ma tante a refusé, elle disait que ce serait trop de travail, qu'avec ses trois garçons, elle courait déjà tant, dans tous les sens. Elles étaient assises au jardin sur des sièges en toile rayée, ma tante se limait les ongles. J'étais cachée derrière le massif de lupins, pour échapper au plus crétin de mes cousins. Ma grand-mère insistait.

– Elle n'est pas difficile, elle joue toute seule, tu ne te rendrais même pas compte qu'elle est là.

J'avais envie de leur dire que c'était vrai, j'étais juste derrière elles et elles ne s'en étaient pas aperçues. Sauf que je n'avais aucune envie d'aller en Espagne avec mes cousins. Ma tante a fait aller sa tête d'un côté à l'autre, puis elle a relevé la lime, l'a tenue immobile un instant dans les airs, m'aveuglant sans le savoir d'un éclat de soleil.

– Et puis, quatre enfants à l'arrière de la voiture, ce serait trop.

Ma grand-mère s'est enfoncée dans son siège, la toile blanche et turquoise s'est tendue, et elle n'a plus rien dit.

Parfois, je me demande. À quoi ça ressemble, le Lake Placid ?

Il y a tellement de lumière que même les yeux fermés, je suis éblouie. J'imagine le paysage, englouti ; les branches hautes des peupliers effacées, leurs silhouettes fantomatiques ; l'étang qui scintille comme un miroir ; la pelouse seule qui résiste, une brillance verte envahie de lumière blanche. Et moi, quasi invisible sur le muret, qui me laisse prendre par le soleil.

Mon corps a presque totalement disparu quand j'entends la voix, juste au-dessus de moi.

– *Dag*, ça va ?

Je m'assieds et je cligne des yeux, il y a une ombre dans la lumière.

– *Dag*, ça va ?

– Oui.

– Je viens pour le jardin. Madame a demandé…

L'ombre fait un geste vers la maison. L'ombre a des cheveux blonds, un peu longs. L'ombre est un garçon, plus âgé que moi. Maintenant que mes yeux voient à nouveau, je ne parviens plus à parler.

– Je suis Dirk. Madame a demandé… Pour le jardin.

Je hoche la tête, je ne peux pas faire mieux. Je me demande pourquoi les chiens ne m'ont pas prévenue. Peut-être que Dirk leur a fait le même effet qu'à moi, leurs aboiements sont restés coincés dans leur gorge, sans faire mal, comme des bonbons collants.

Quand ma grand-mère voit Dirk, elle n'a pas de bonbon collant dans le fond de la gorge. Elle lui montre où se trouvent le tracteur-tondeuse et les outils de jardin. Elle énumère tout ce qu'il y a à faire. Tondre la pelouse, entretenir les parterres de fleurs, le potager. La serre, le verger. Du bout des doigts elle indique vaguement les directions, tout ce dont elle parle a l'air de se trouver en des lieux imprécis dans lesquels elle ne compte pas mettre les pieds. Il viendra tous les mercredis et les samedis. Quand j'entends ça, j'ai la tête qui tourne, comme si tout d'un coup mon cerveau se souvenait qu'il était resté trop longtemps au soleil. Ma grand-mère ajoute qu'il peut me demander de l'aide, j'ai l'habitude de travailler au jardin. Dirk se tourne vers moi et me fait un clin d'œil ; je hoche la tête, muette. Je crois que plus aucun son ne sortira jamais de ma bouche.

***

J'ai noué mon sweat-shirt autour de ma taille. Dirk ne jardine pas de la même manière que mon grand-père. En passant par le verger, il arrache des pommes et des poires encore minuscules. Je ne comprends pas pourquoi. Dirk dit qu'il y a trop de fruits, qu'il faut leur donner de l'espace. Je l'imite mais je n'aime pas ça. J'ai l'impression que mon grand-père serait furieux s'il nous voyait arracher des fruits pas encore mûrs. Je l'imagine nous observant depuis sa chambre, une ombre derrière les croisillons. J'en ai chaud à l'arrière du crâne, je jette un œil par-dessus mon épaule pour vérifier. Il lui arrive encore de se lever, de traîner la machine à oxygène derrière lui jusqu'à une fenêtre, mais de moins en moins souvent. Le soleil se reflète dans les vitres, impossible de savoir ce qui se trouve ou ne se trouve pas derrière elles. Je me prends d'affection pour certaines toutes petites pommes et je les épargne. Ça m'est égal si elles grossissent moins. Ça m'est égal si elles tombent avant d'avoir pu grandir, c'est leur sort, je n'ai pas envie d'en décider. Dirk travaille sans me regarder. Il m'adresse à peine la parole, sauf pour me dire ce que je dois faire ou me demander où se trouve le compost. De ce point de vue-là, il est tout à fait comme mon grand-père. Ça me va. Il termine sa journée par la tonte du gazon.

– Est-ce qu'il travaille bien ? demande ma grand-mère.

Je hausse les épaules. Je n'ai pas envie de parler de Dirk, je ne suis pas capable de parler de Dirk, je n'ai rien à dire sur Dirk. Elle fait un geste vers l'horloge. Je sais ce qu'elle veut : que je me dépêche d'avaler mon goûter, que j'aille prendre ma douche et que je rende visite à mon grand-père. Comme tous les jours. Il n'y a pas d'éclairs au chocolat cette fois, mais une casserole de riz au lait qui refroidit sur l'appui de fenêtre. Elle m'en verse une portion dans un bol vert, la saupoudre de cassonade. Je laisse les raisins secs de côté et je les refile aux chiens dès qu'elle a le dos tourné. Les mâchoires de Baron claquent et je pense que, dos tourné ou pas, elle sait très bien ce que je fais. Elle ne dit rien, elle va d'ici à là, absorbée par ses tâches. Elle passe presque toute la journée dans la cuisine.

***

Le bourdonnement du tracteur-tondeuse se glisse par la fenêtre entrouverte de la salle de bains. Je risque un œil et je l'aperçois, torse nu, le T-shirt posé sur la nuque, le dos brillant de sueur. Je suis toute nue, derrière la vitre dépolie. Je reste un long moment comme ça, le souffle du vent sur ma peau. J'utilise encore plus de gel douche que d'habitude. Surtout celui au pamplemousse.

Mon grand-père m'attendait. Il me fait signe de venir m'asseoir, un petit mouvement du bout des doigts, une permission qu'il m'accorde, même si je m'assieds là chaque jour. Sa couverture est remontée jusqu'à son menton. Il a tout le temps froid.

– Le gamin qui tond la pelouse, il est comment ?

– Bien.

– Il sait jardiner ?

– Oui.

– Il fait attention en tondant ?

– Hmm.

– Et le potager, il s'est occupé du potager ?

– Oui.

– Bon sang, tu ne peux pas être un peu plus précise !

Un moment je le revois, mon ancien grand-père, la voix tranchante et la main déjà levée.

Alors j'enchaîne les mots, sans réfléchir, je remplis le silence, comme il me le demande.

– Il a éclairci les semis. Les semis de carottes, de radis… Il enlève les mauvaises herbes. Il coupe les fleurs fanées. Comme toi. Le liseron, pas besoin, je m'en occupe tous les jours, presque. Il tond en laissant une bordure près des parterres, comme toi. Presque comme toi.

J'omets la sélection des fruits aux vergers, mon grand-père a senti mon hésitation.

– Presque ?

– Ben oui, presque. Il n'est pas toi.

Il se renfonce dans l'oreiller, un mouvement presque imperceptible, l'air satisfait.

– Et les groseilles ?

Je sais bien qu'il parle des groseilles à maquereau – pas des rouges, que l'on réduit chaque été en gelée et dont les pots s'alignent tout brillants au-dessus des placards de la cuisine, sur la poutre en saillie –, il parle de nos préférées, une des seules choses que nous avons toujours partagées, même quand il n'était pas malade.

Je me penche vers lui, il ne me fait plus peur, et je lui souffle :

– Bientôt…

Je n'ai pas besoin de savoir à quoi ressemble le Lake Placid Adirondack Mountains. Pas aujourd'hui.

L'étang la nuit

L'étang la nuit n'est pas le même. Il est plus large et plus profond ; il n'a pas de fin.

Mon grand-père m'avait réveillée, en me secouant et en criant, et il avait attendu derrière la porte de ma chambre que j'enfile mon maillot. J'avais essayé, peut-être est-ce la seule fois où j'ai vraiment essayé – j'avais attendu qu'on soit dehors, juste devant la cuisine – j'avais essayé de dire non mais ça n'avait servi qu'à le faire crier plus fort. Derrière lui il y avait la glycine. Pas ma grand-mère. Personne. Même pas les chiens qui se réfugient dans leur panier dès qu'il élève la voix. Avant même qu'il n'élève la voix. Un moment j'ai cru la voir, elle, ma mère, se tenant dans l'ombre, au-delà de la lumière projetée depuis la cuisine par la porte ouverte, sans rien dire, sans rien faire, bouche fermée, comme une espèce de fantôme immobile et transparent, un fantôme qui ne servait à rien. J'ai détourné la tête.

L'étang n'était pas le même. Plus froid et plus profond. Il n'avait pas de fin. La barque brillait, une tache de lumière qui tremblait, et entre la barque et moi, une étendue noire, un trou, prêt à m'engloutir. J'avais peur de me noyer, mais j'avais moins peur de la noyade que de mon grand-père. Je me suis avancée tout au bord de l'étang. L'eau m'a d'abord paru plus chaude qu'en journée, presque tiède sur mes pieds, et puis je me suis enfoncée et le froid m'a attrapé la taille, un frisson est remonté comme un étau le long de mon dos, de ma nuque, et est resté accroché un instant sur le haut de ma tête en une sorte de pincement. Après quelques brasses, je l'avais reconnu. Plus froid, plus profond, mais le même malgré tout. J'avais nagé jusqu'à la barque et je savais que mon grand-père me regardait, depuis la berge, les poings posés sur les hanches. J'entendais le son produit par chacun de mes mouvements dans l'eau beaucoup plus précisément que quand je nageais la journée. Je reconnaissais l'étang et je n'étais plus pressée, j'étais chez moi.

Mes doigts avaient attrapé la corde de la barque et je m'étais reposée un instant avant de la tirer derrière moi. La barque me suivait par à-coups, la corde se tendant en petites secousses qui se propageaient dans mon bras. Je l'avais amarrée et j'étais sortie de l'eau sans jamais lever les yeux, sans jamais lui montrer que j'avais reconnu l'étang, que je n'avais plus peur. Que ma colère contre lui avait changé de place.

Le livre

Tous les dimanches, ma grand-mère quitte la maison, le livre sous le bras. Elle revient deux heures plus tard.

Aucune parole n'est prononcée.

Elle ne dit pas : J'y vais. Elle a le livre sous le bras, elle prend ses clés de voiture, elle sort de la cuisine, elle n'est plus là.

Elle ne dit pas : Je suis de retour. Elle range ses clés, son livre et elle reprend ses tâches là où elle les a laissées.

Je déjeune seule. Inge ne vient pas le dimanche. Et Magda, la femme de ménage, non plus. Le temps a changé pendant la nuit, brutalement, comme il le fait dans ce pays. La température a chuté, le ciel est d'un gris uniforme, une pluie fine tombe sur la terrasse, tente d'entrer par la porte ouverte et scintille sur le carrelage de la cuisine. Les chiens sont allongés : Baron sous mes pieds, Tempête en retrait quelque part sur ma droite, Roc à la frontière entre l'intérieur et l'extérieur, ses oreilles frémissant sous les gouttes de pluie, son arrière-train bien à l'abri.

Petite, je ne savais pas où allait ma grand-mère chaque dimanche. Ce n'était pas ce qui me paraissait le plus important. Le plus important c'était le livre sous son bras, toujours le même, avec sa couverture en cuir rouge foncé. Il m'a fallu du temps pour le trouver. Elle le rangeait dès qu'elle rentrait. Pas dans la bibliothèque, j'ai passé un temps infini à l'y chercher. Mon index glissant le long des livres, étagère après étagère. Retirant des volumes d'encyclopédies et déplaçant des gros dictionnaires pour voir s'il n'était pas glissé derrière. J'ai été obligée de la suivre. Jusqu'au vestiaire où elle pose ses clés, range son manteau et ses bottes, les jours de pluie, ou ses mocassins, les autres jours, pour les troquer contre des chaussures d'intérieur. Je l'ai suivie encore dans l'escalier, jusqu'au premier étage, longeant les couloirs et me faufilant derrière elle comme une ombre. Il m'a fallu plusieurs tentatives. Quand elle m'apercevait elle me chassait : Hors de mes pattes, va, va, descends, j'arrive ! J'ai dû apprendre à me faire invisible. Le miroir gigantesque du palier m'a compliqué la tâche.

Le soleil me manque déjà. Hier, j'étais ivre de chaleur en travaillant avec Dirk. Je me demande si l'été se transforme aussi subitement au Lake Placid. Je parie que oui. Je parie que c'est même pire, que des rafales arrachent les feuilles des arbres et que soudain on se croirait en plein automne au mois de juillet. Je parie que des gens sont surpris par la tempête au milieu du lac, sur des barques en bois – certaines sont peintes en vert – et qu'ils doivent ramer à toute vitesse, qu'ils ont peur de se noyer ou que le vent ne les pousse vers la mauvaise rive, celle où vivent les ours, leurs silhouettes noires se découpant entre les troncs et semblant attendre les naufragés. Ce dont je suis certaine, c'est qu'il peut y faire très froid. Un froid comme je n'en ai jamais connu. Mon grand-père me l'a appris quand j'ai porté le sweat-shirt pour la première fois. Il ne le savait pas, mais il était déjà malade. Il aimait encore mentionner tous les lieux où il a été, tous ses voyages. Il aimait particulièrement les mentionner devant moi qui n'ai jamais été nulle part, à part ici et la ville où je suis née, et il me regardait comme si j'étais une oie à peine éclose. Maintenant qu'il est dans son lit, relié à la machine, il ne parle plus que d'ici, des champs, de l'étang et de la lumière derrière les nuages. Et il me regarde comme si, moi aussi, j'en savais quelque chose.

Le livre est rangé dans le dernier tiroir de la table de nuit de ma grand-mère. Posé sur un petit napperon en dentelle. J'ai fini par le trouver. La première fois, je l'ai sorti tout doucement, j'ai touché le napperon au fond du tiroir et je suis partie me cacher dans une des chambres vides. La couverture en cuir est toute douce. Les lettres sur le dos sont dorées, comme le bord des pages. Il m'a fallu du temps pour l'ouvrir, au hasard. Et j'ai lu. Des mots qui m'ont donné chaud. Des mots qui parlaient d'un corps adorable, de s'abandonner dans ses bras ; des demandes répétées que l'autre prenne pitié ; d'un amour débordant, excessif, supplié et suppliant. Je n'avais jamais lu ni entendu des phrases comme celles-là et je n'en ai jamais lu ou entendu ailleurs que dans ce livre.

Baron s'ébroue sous mes pieds. Je prends garde à ne pas bouger. Il tourne sur lui-même et reprend exactement la même position. Il soupire et ferme les yeux. Quand il pleut, j'aime bien jouer sur le vieux piano qui se trouve dans la salle à manger. Jusqu'à ce que quelqu'un m'implore, ma grand-mère, ou m'ordonne, mon grand-père, d'arrêter. Je ne prends pas de leçons et je ne connais personne qui sache jouer du piano. Alors je dois chercher les notes les unes après les autres. J'essaie de reproduire des mélodies que j'ai entendues et qui me plaisent. Il me faut des semaines pour trouver toutes les notes. C'est long, mais une fois que je connais un morceau je peux le jouer pendant des heures, de plus en plus fort, tapant sur les touches et chantant en même temps et ce moment-là vaut bien toutes les semaines de travail qui précèdent.

J'ai envie moi aussi d'avoir un livre comme celui de ma grand-mère, un qui serait juste pour moi, mais si je le dis à ma grand-mère elle va de nouveau vouloir m'emmener à la messe. Elle a déjà essayé. Le livre n'avait servi à presque rien, ma grand-mère se contentant de le tenir pressé contre ses genoux. Il y avait un autre livre, à l'entrée, des piles entières d'un autre livre que chacun pouvait emprunter, le temps de la messe. Ce n'était pas le même, la couverture était beaucoup moins belle, en plastique noir, mais surtout le texte était complètement différent.

Celui-ci est d'une autre époque, je l'emporte par habitude, avait chuchoté ma grand-mère.

Il y avait eu un tremblement de terre, quelque part en Amérique du Sud, quelques jours avant que ma grand-mère ne m'emmène à la messe. Et le curé en avait parlé, il avait dit que des moments pareils pouvaient ébranler notre foi. Que la mort d'enfants innocents était toujours une épreuve. Mais qu'il fallait continuer à croire, malgré tout.

Ma grand-mère s'était penchée vers moi : Ce n'est pas le curé habituel, l'autre est bien mieux.

Elle était un peu déçue quand j'ai refusé de l'accompagner, le dimanche qui a suivi, mais elle n'a pas insisté.

Je sais que son livre vaut mille messes, je crois que personne, pas même le curé, ne l'a jamais vraiment lu. Sauf peut-être ma grand-mère, ce qui expliquerait pourquoi elle le cache dans sa table de nuit, pourquoi elle continue de l'emporter, pas seulement par habitude, et pourquoi elle le tient pressé contre ses genoux pendant le sermon.

Depuis que mon grand-père est malade je ne peux plus emprunter le livre. Je dois me contenter des souvenirs que j'en ai, de phrases apprises par cœur. Les répéter depuis ma mémoire n'est pas tout à fait la même chose que les lire, n'est pas aussi satisfaisant que lorsque je pouvais suivre de mes yeux et de mes doigts les minuscules lettres noires alignées, les mots imprimés sur le papier tout fin.

La pluie redouble d'intensité et Roc se déplace vers l'intérieur de la pièce sans se lever, en rampant avec ses pattes avant, son arrière-train glissant sur le carrelage comme s'il était paralysé. Avec ses longues pattes il me fait penser à une araignée. À moitié écrasée.

Les étés sont comme ça ici. On peut perdre jusqu'à vingt degrés en une journée. Quand la chaleur dure plusieurs jours on appelle ça la canicule. Quand le temps devient froid et pluvieux, on appelle ça l'été pourri.

Je n'ai plus accès au piano. Ça fait trop de bruit pour mon grand-père. Parfois je m'installe quand même sur le tabouret et j'effleure les touches sans les enfoncer, je me rappelle les gestes et je chante, bouche grande ouverte comme si je hurlais, mais en chuchotant. Aujourd'hui je trouve ça ennuyeux. Je n'ai même pas envie d'essayer. Je pense à Dirk, à son torse nu et aux petits brins d'herbe coupés collés par la transpiration sur sa peau. Ses omoplates qui dépassent comme de minuscules ailes blanches. Ça me donne envie du livre, je n'en sors pas.

Je ne parviens pas à sortir de l'ennui.

Promenade

La pluie ne s'est pas arrêtée. À travers les gouttes qui glissent le long des carreaux, j'observe le verger flou, les troncs sombres et gluants sous le feuillage incliné. Inge est déjà en bas, je vois sa petite voiture blanche bien garée le long du muret. Il y a aussi le break bleu de Magda, en plein milieu de la cour, de travers. Magda vient tous les matins de la semaine, du lundi au vendredi, depuis toujours. Parfois elle glisse deux doigts sous mon T-shirt, dans mon dos, et me chatouille en remontant vers ma nuque en chantant : *La petite bête qui monte qui monte qui monte…* Elle boit son café toute droite, à côté du poêle en hiver ; à côté de la porte ouverte sur le jardin en été. Elle mange avec nous à midi, avant de rentrer chez elle. J'ai compris hier que Dirk était son fils. Je ne savais pas. Je n'avais pas imaginé qu'elle avait une famille, un mari, des enfants. Je croyais qu'elle n'existait qu'ici, chez nous. Je croyais que les doigts qui se promenaient le long de la colonne vertébrale, ce n'était que pour moi.

J'enfile un jeans, mon Lake Placid Adirondack Mountains et je descends. Elles sont debout toutes les trois. Inge, Magda et ma grand-mère. Peut-être que si elles s'asseyaient pour boire leur café, elles n'auraient plus le courage de se relever, de monter apporter le petit déjeuner à mon grand-père, de cirer les escaliers, d'être ma grand-mère. Je prends la bouteille de lait dans le frigo, un pot de confiture et du beurre. Une grosse tranche de pain inégale m'attend dans une assiette. Baron pose la tête sur ma cuisse. Depuis que mon grand-père prend ses repas dans son lit, sur un petit plateau qui fait comme un pont au-dessus de ses jambes, Baron n'est plus le favori de personne et il ne reçoit presque plus rien à table, plus de croûtes de fromage ou de pain ni de morceaux de viande.

Depuis quelques jours, il tente de m'amadouer. Il bave sur mon jeans. Je tapote sa tête mais je ne lui donne rien. Ma grand-mère me regarde.

– Je vais aller me promener.

Parfois ma voix décide avant que j'aie eu le temps de réfléchir.

Baron relève la tête. Agite la queue. Il ne pense plus à ma tartine. Ma grand-mère acquiesce en silence. Elle fait ça souvent, ces derniers temps, comme si ce que je disais avait une tout autre signification à laquelle elle avait accès mais pas moi. Magda et Inge soufflent sur leur café, sans me regarder. Pas de petite bête qui monte qui monte qui monte aujourd'hui.

Il n'y a que moi qui puisse emmener Baron en promenade. Avec ma grand-mère, il s'échappe à peine la barrière franchie, revient des heures plus tard, crotté, puant et épuisé. Il course le gibier. Les faisans, les lapins, n'importe quoi. Même les mulots. Ma grand-mère a essayé de le tenir en laisse. Il se couche par terre et refuse de bouger. Elle parvient à le tirer sur un mètre ou deux, mais elle abandonne quand il commence à grogner et à montrer les crocs comme s'il souriait déjà à l'idée de la morsure qu'il pourrait lui infliger. Quand ma grand-mère a envie de se promener, elle part sans lui. Elle emmène juste Tempête et Roc. Baron reste comme un idiot derrière la grille à aboyer. Pris au piège de sa bête blague. Avec moi, il ne s'échappe jamais. Peut-être que dans sa tête de chien il croit qu'il doit me protéger. Ou me surveiller. Ou alors, dans sa tête de chien, je l'amuse.

Tempête et Roc courent loin devant sur le chemin, tandis que Baron trottine à mes côtés. Je lui parle. Je lui parle de l'Alaska, de la pêche, du Lake Placid. De temps en temps il cogne sa truffe contre ma main ou se frotte, tout mouillé, contre mes jambes.

Mes bottes s'enfoncent dans les ornières boueuses, parfois si profondément que je reste prisonnière et je dois tirer mon pied en tenant ma botte à deux mains pour me libérer. Mes cheveux dégoulinent et je sens la pluie qui coule sous mon sweat-shirt. Je n'ai pas fermé mon imperméable. Je ne le fermerai pas. Baron a la bouche entrouverte, sa langue rose pend vers la gauche. Il a l'air ravi. Je lui explique que le premier hôtel à disposer d'un éclairage électrique dans toutes les chambres se trouvait dans les Adirondacks. J'approche la main de son museau et il lève la tête pour me toucher.

Nous sommes très amis, en promenade.

– C'est Thomas Edison lui-même qui a installé l'électricité dans cet hôtel.

Je me tais. J'imagine Edison, en noir et blanc, debout sur un escabeau en train de fixer une ampoule. Je ne me souviens pas s'il avait une moustache ou pas et ça m'empêche de bien l'imaginer. Mais je me souviens de ses yeux. Un regard un peu méchant, comme s'il avait peur qu'on la lui vole, son électricité.

Je laisse la maison loin derrière, légèrement sur la droite. On aperçoit à peine la façade de briques rouges, cachée derrière les rangées de peupliers. Puis la maison disparaît tout à fait, le monde entier disparaît, quand je passe entre deux champs de maïs, les plants déjà bien plus hauts que moi. Par temps sec, il m'arrive de partir pour la journée. J'emporte une couverture, un pique-nique, un livre. Je m'installe dans un endroit caché, un endroit où je suis certaine que personne ne viendra me chercher, sauf les chiens.

***

À part le livre du dimanche, les livres de la maison appartiennent presque tous à mon grand-père. La plupart du temps, je lis des livres que je ne comprends pas. Alors il m'arrive de m'inventer des histoires que je comprends. Je suis une fille déguisée en garçon sur un bateau de pirates. Je porte un pantalon à rayures tenu par une ceinture de corde et un pull trop grand sous ma veste, pour me donner des épaules. Je cache mes cheveux sous un foulard. Je dois faire attention à ne pas être démasquée. Mais arrive toujours un moment où je suis démasquée.

Un jour, j'ai trouvé un paquet de fausses cigarettes aux plantes que mon grand-père avait perdu dans l'herbe en jardinant. Les fausses cigarettes qu'il fumait quand il essayait d'arrêter de fumer. Avant qu'il n'arrête tout à fait de fumer, avant qu'on ne découvre qu'il était malade. Les cigarettes sentaient la menthe et le maïs trop sec. La fumée me laissait un goût sucré en gorge. Je ne tenais pas la cigarette comme ma grand-mère, qui ne fume jamais sauf à Noël et qui la tient très haut et très loin d'elle, je tenais la cigarette comme si j'étais une fille sur un bateau de pirates en train d'essayer de faire croire qu'elle est un garçon. C'était mauvais, ça puait, mais c'était drôle. Je ne pouvais pas m'empêcher d'en allumer une autre, et encore une autre, de recommencer jusqu'à ce que ma langue me paraisse gonflée et endormie, que ma gorge soit comme râpée. J'ai enterré ce qu'il restait du paquet. Puis je me suis demandé comment j'allais ôter l'odeur de mes mains, de ma bouche, de ma langue. La fille pirate déguisée en garçon a lavé ses mains dans une flaque boueuse. Elle a écrasé des fleurs de camomille et de tanaisie entre ses doigts pour les imprégner d'une odeur plus forte que celle des cigarettes. Elle a trouvé une vieille betterave oubliée, l'a ouverte avec un caillou et en a mâché des petits bouts pour se donner une nouvelle haleine. Malgré tout ça, la fille pirate déguisée en garçon est allée directement à la salle de bains en rentrant et elle s'est lavé les mains et la bouche au savon avant de se brosser les dents. Sa langue est restée épaisse et molle jusqu'au soir.

Il pleut cette fois, et je n'ai rien emporté. Ni couverture ni livre, ni rien d'interdit.

Tempête et Roc aboient dans le champ de maïs de droite. Un nid de rongeurs, peut-être, ou un lapin. Baron a envie de les rejoindre, mais il hésite à me quitter, on dirait qu'il miaule. Quand il me voit pivoter vers le champ, il saute sur place, me lèche les doigts puis file droit devant lui. Très vite, je ne vois plus rien d'autre que les rangées rectilignes des plants de maïs, comme une petite ville verte. Je frôle les feuilles trempées, je caresse les barbes humides des épis. J'entends les chiens sans les voir. Je change de ligne, tente de les rejoindre. Je siffle entre les dents, comme Bert, un des fils de la ferme, m'a appris à le faire. Roc revient le premier. Il s'arrête un instant devant moi, éternue et repart aussitôt. Tempête vient me saluer en se dandinant, attend que je lui caresse la tête. Baron, comme d'habitude, manque de me faire tomber en se jetant contre mes jambes. Il fait trop boueux pour s'asseoir. Je m'accroupis. Les chiens tournent autour de moi, jouent, partent, reviennent. Le son de la pluie dans la ville verte est différent, un tapotement qui résonne.

Je reste accroupie longtemps. Je pense encore à Edison. Debout sur son escabeau, en train d'installer l'électricité dans cet immense hôtel des Adirondacks. Avec son air de vouloir faire peur à un ours. Ou d'être fâché sur un ours, d'en vouloir aux ours d'être des ours. Puis je ne pense plus à rien. Je me laisse envahir par la pluie, je la regarde ruisseler sur le sol. Mon immobilité finit par déranger les chiens. Ils me donnent des coups de tête, légers au début, plus forts à me faire tomber ensuite. Je me lève et mes jambes sont engourdies. Je titube jusqu'au chemin.

J'enlève mes bottes à l'entrée de la cuisine. Je vais chercher un torchon et je laisse les chiens entrer un par un, j'essaie de frotter leurs pattes. Ça ne sert pas à grand-chose, ils trouvent cela amusant, ils gigotent et laissent des traces boueuses partout sur le carrelage noir. Inge et Magda sont déjà parties. La voiture de ma grand-mère n'est pas là non plus. Une casserole de soupe est posée sur la cuisinière et, sur la table, un bol et une grosse tranche de pain inégale, encore une tranche de pain inégale. Avant, c'était mon grand-père qui coupait le pain, ma grand-mère n'est pas encore habituée. La pluie continue de tomber, tout l'après-midi, bien longtemps après que j'ai rangé mon bol de soupe, ramassé les miettes de la tranche de pain inégale et plus ou moins nettoyé les traces de boue sur le carrelage de la cuisine. Je suis seule dans la maison avec mon grand-père, je me déplace d'une pièce à l'autre sans faire de bruit, je respire doucement, sans remplir complètement mes poumons. Je n'ai pas envie qu'il m'appelle. Je ne sais pas s'il en a encore la force. J'espère bien que non.

Le vieux poirier

Dirk veut débiter le vieux poirier. Il a apporté sa tronçonneuse. Il la tient à bout de bras, avec un léger mouvement de balancier, on dirait que la tronçonneuse bouge toute seule et qu'il la retient. Ma grand-mère hésite. Le vieux poirier est tombé pendant la tempête, en mars. La maladie a été plus rapide que mon grand-père et il n'a pas eu le temps de s'en occuper. Je pense que ça lui ferait plaisir de savoir que le poirier ne gît plus dans le verger avec ses racines tordues en l'air comme de longs doigts qui cherchent encore à se retenir.

Ma grand-mère a peur que Dirk ne se blesse. Il répond qu'il sait y faire. Que c'est toujours lui qui coupe le bois, chez eux. Magda est déjà partie, ma grand-mère doit décider toute seule. La tronçonneuse a vraiment envie de travailler, elle se balance de plus en plus fort au bout du bras de Dirk. De plus en plus librement. Ma grand-mère acquiesce, sans émettre un son.

Au moment où on se retourne pour aller vers le verger :

– Fais attention à la petite !

La tronçonneuse a un saut joyeux et Dirk crie :

– *Ja !*

J'essaie d'avaler mon bonbon collant.

Le ciel est toujours couvert, une immensité opaque, mais il ne pleut plus. Dirk tronçonne ; je cueille quelques fruits : des groseilles rouges, la fin du cassis, les premières framboises. Je décide de commencer à repiquer les poireaux. Je les ai semés en mai, dans la serre, pendant que mon grand-père était à l'hôpital. J'avais demandé la permission à ma grand-mère, elle avait haussé les épaules, je ne suis même pas certaine qu'elle s'en souvienne. Respirer dans la serre me donne la sensation d'être sous l'eau. J'ai l'impression qu'il y a moins d'oxygène, que l'air chaud et humide est plus lourd, chargé de terreau, et qu'il pénètre moins bien mes poumons. Des gouttes d'eau ruissellent le long des vitres, à l'intérieur. Un jour, j'y ai trouvé un petit crapaud. Je ne savais pas s'il fallait le laisser là ou bien le mettre dehors. Alors je l'ai pris dans mes mains, je l'ai posé près de la porte ouverte et je l'ai laissé choisir. Il est resté parfaitement immobile pendant un temps qui m'a paru extrêmement long et j'ai fini par m'en aller, en le laissant à l'intérieur. Mais je ne l'ai pas retrouvé le lendemain.

Je mélange du compost avec de la terre et de l'eau dans un seau. Le bruit de la tronçonneuse m'accompagne partout dans le potager, et c'est comme si Dirk était près de moi. Je creuse un sillon, j'enfonce le plantoir tous les dix centimètres. Je coupe le bout des racines des poireaux puis je les trempe dans le pralin. Je les pose dans les trous. Je tasse la terre autour des poireaux. Je creuse un second sillon et je recommence. Mes ongles sont noirs. La terre devient toute sèche sur mes mains. Je ne sais pas pourquoi, je n'aime pas ça. J'aime jardiner, mais je n'aime pas la sensation de la terre sèche sur la peau et sous les ongles. Je repasse par le verger. Le poirier a presque disparu. Dirk débite des bûches. Il me fait signe.

– Quelle taille, les bûches ?

Je pose le seau et je lui montre avec mes mains noires.

– Comme ça pour les poêles et comme ça pour le feu ouvert. On utilise surtout les poêles.

– *Ja*. D'accord.

Il me fait un clin d'œil. Saleté de bonbon collant. Je repars avec mon seau, il fait démarrer le moteur de la tronçonneuse. L'odeur des copeaux et de l'essence me suit.

Je remplis l'arrosoir à la limite de ce que je peux porter. J'en profite pour me rincer les mains. L'arrosoir bat contre mes mollets et je renverse une bonne partie de l'eau avant d'avoir atteint le potager. Mes lignes sont bien droites et je n'ai même pas utilisé de cordeau. Je reste debout, à côté de mes rangs de poireaux. Je regarde le ciel, le vieux saule au milieu du potager, le noyer, les haricots. Là-bas, dans le verger, le dos de Dirk. Je regarde encore. Les plants de tomates. Les arbustes fruitiers. Il y a quelque chose qui me tracasse mais je ne sais pas quoi. Il me faut plusieurs minutes pour comprendre ce que je crains. Et pour comprendre que celui que je crains, je ne le trouverai pas, qu'il n'aura rien à redire à mes rangs de poireaux parce qu'il ne les verra pas. Je me retourne. Il est là-haut. Sous sa couverture à franges. Il a probablement froid. Je me rappelle que je n'ai plus peur. Je m'approche des groseilles à maquereau. J'espère qu'elles seront mûres à temps.

Ô mon prince adoré

Quand Dirk commence à tondre la pelouse, je m'éclipse. Je ne lui dis pas « au revoir » ou « à bientôt ». Je m'en vais, je file à la salle de bains. Je laisse couler l'eau chaude de la douche et je le regarde par la fenêtre ouverte. J'espère qu'il va ôter son T-shirt. Je tiens ma gorge d'une main, comme si j'étais sur le point de m'étrangler moi-même. Je murmure quelques phrases du livre, je les mélange entre elles : « *Ô mon prince, mon adoré, vous qui domptez la puissance orgueilleuse du dragon des abîmes, je ne veux plus vivre que pour vous aimer, vous seul. Ô divin époux de mon âme, gardez-moi, défendez-moi, comme votre bien, votre propriété. Mon plus doux plaisir sera de vous entretenir dans mon paradis sur la terre.* »

Bûches

Mon grand-père me demande : Qu'a-t-il tronçonné ?

Je réponds : Le vieux poirier.

On ne dit plus rien.

La couverture est verte et brune, il y a un peu de bleu marine aussi et du beige pâle presque comme du blanc. Je suis le tracé des carreaux du bout de l'index. Je connais cette couverture par cœur. J'ai passé plus de temps dans cette chambre ces dernières semaines que pendant toutes les années avant son retour de l'hôpital.

Je ne lui dis pas que j'ai planté des poireaux. Je ne lui dis pas que depuis qu'il n'est plus dans le potager, je ne suis plus obligée de me contenter d'arracher le liseron et de lui porter ses outils d'ici à là, d'obéir à ses ordres qui étaient plus souvent gestes que mots. Je ne lui dis pas que je m'en sors très bien, que j'aimerais bien en connaître autant sur la pêche que j'en sais sur le jardinage. Je ne dis rien, je reste silencieuse, je me contente de suivre le tracé des carreaux sur la couverture qui ne lui donne même pas chaud et j'attends que l'heure soit passée.

Il demande : Quelles bûches ?

Certains jours sa voix semble très fatiguée et il n'arrive plus à finir les phrases. Mais j'ai compris.

Je réponds : Les deux, des pour les poêles et des pour le feu ouvert.

Je ne suis pas certaine de savoir à quoi ça sert, un grand-père.

Je gratte la couverture avec mon ongle, comme si j'espérais y déterrer un minuscule trésor.

Ce que je sais, c'est que c'est toujours lui qui se charge d'allumer les poêles à bois et de construire une énorme flambée dans l'immense cheminée du salon. Je me souviens de ma grand-mère qui avait essayé d'allumer un feu, un matin. La cheminée avait refoulé et de la fumée avait envahi la cuisine et mon grand-père était entré en disant : Mais tu n'y connais rien, laisse-moi faire.

Je cherche dans ma mémoire mais je ne trouve pas une seule image de ma grand-mère en train d'allumer un feu une autre fois que celle-là, une fois où ça aurait marché. Et j'ai beau fouiller mes souvenirs encore plus profondément, je me rends compte que je n'ai jamais prêté attention aux gestes de mon grand-père, aux différentes étapes qui conduisent le bois à s'embraser et la fumée à s'en aller par la cheminée. J'ai épié ses gestes, du coin de l'œil, quand il jardinait, mais le feu, ça ne m'intéressait pas.

Mon grand-père a le visage tourné vers la fenêtre. Il ne fait plus que ça, fixer le paysage. Nos regards ne se croisent presque jamais.

Je me demande si c'est si difficile que ça, d'allumer un feu. Je l'observe à la dérobée. Son petit visage d'oiseau avec son duvet sur la tête et toutes ces taches brunes que je n'avais jamais remarquées. Son visage était grand, avant.

Je pourrais lui demander : Comment on allume un feu ?

À la place je tourne la tête, je fais comme lui. Le ciel se dégage, demain il fera beau. Je pourrai pêcher, peut-être. Ou faire un pique-nique dans les champs.

Si je lui demande, pour le feu, c'est comme si je lui disais : Tu vas mourir, il faut que tu m'apprennes. Et parfois, je crois que lui aussi s'imagine que je vais avoir onze ans et demi presque douze et qu'il va rester mourant pour toujours.

L'hiver est encore loin, ma connaissance du feu attendra.

La patience du pêcheur

Mes jambes sont allongées dans l'eau chaude presque épaisse qui stagne au fond de la barque. Je tiens un bâton auquel j'ai accroché un bas de ligne. Rien de grandiose, un simple hameçon, un flotteur jaune fluo, pas de plomb. En guise d'appât, j'utilise de la mie de pain que je roule en boulettes compactes après l'avoir humidifiée avec ma salive. Ma canne à pêche ne ressemble à rien, ma ligne flotte mollement, se couche parfois sur l'eau. Elle suffit pourtant à duper les poissons rouges de l'étang. Surtout quand il pleut. Pour le moment il fait trop chaud, il y a trop de soleil, et ça ne mord pas.

Plus tard, je m'intéresserai sérieusement à la pêche. Peut-être au bord du Lake Placid, plus probablement en Alaska. J'ai entendu mon grand-père raconter l'Alaska : les grizzlis, les saumons énormes et gras dans la mer de Behring et les saumons maigres et affamés qui remontent les rivières. Les aurores boréales. Les lacs. Seulement, il va falloir que je trouve une solution pour le froid, j'ai un problème avec le froid. Ça me vient de ma grand-mère. Dès que la température descend en dessous de zéro, mes doigts et mes orteils deviennent tout blancs, j'attrape des engelures, et quand je me réchauffe, j'ai un mal de chien partout. L'envie d'arracher ma peau. Mon grand-père dit que je dois m'endurcir. Ma grand-mère secoue la tête, elle dit que je dois me protéger, elle ajoute que sinon, le problème va s'aggraver. Elle me montre sa main, celle qui est toujours rouge et un peu gonflée, fripée, comme si la peau s'était élargie ; qui est restée comme ça après une longue promenade pendant laquelle elle avait perdu un gant, bien avant mon arrivée chez eux. Elle m'achète des sous-vêtements Damart. Des gants en soie pour mettre sous mes gants en laine. Et des bottes fourrées ridicules dont les autres enfants de l'école se moquent. Mais que je porte, tout l'hiver. Que j'ai portées l'hiver où il a fait tellement froid et l'étang était si gelé que j'ai pu jouer à l'Antarctique. En Alaska, ils ont des chiens-loups énormes dont le nom ressemble à mammouth. Pour jouer, j'ai attaché les chiens au traîneau, bien qu'aucun d'eux ne ressemble à un chien-loup, même de loin, même en clignant des yeux. Le seul qui tirait vraiment, c'était Baron. Les autres n'étaient là que pour figurer tout un attelage. Ça m'étonnait de lui, qu'il fasse pour une fois ce que je lui demandais, qu'il prenne la tâche sérieusement. Les cordes qui tenaient les chiens étaient humides et mes gants ont très vite percé. Mes doigts gelés me faisaient mal mais ça valait le coup.

J'ai essayé de m'endurcir, pour voir. J'ai laissé de l'eau froide couler sur mes mains, j'ai résisté à la douleur et au malaise, aux battements de mon cœur qui devenaient très forts, mais de plus en plus lents, jusqu'à la nausée. J'ai perdu connaissance. Je me suis réveillée couchée sur le carrelage de la salle de bains. Je crois que ma grand-mère a raison, essayer de m'endurcir ne sert à rien.

Je ne sais pas si je vais pouvoir aller en Alaska avec des Damart, si ça suffira.

La ligne se tend. Je remonte mon bâton, doucement – comme si je pêchais pour du vrai –, j'attrape le poisson rouge. Je le maintiens d'une main en lui caressant la tête avec mon pouce, je le plonge dans l'eau de la barque, je laisse juste sa bouche dépasser et je lui ôte l'hameçon. Je le rejette à l'eau. Le poisson s'enfonce dans l'étang, disparaît dans l'eau brune. Une fille de l'école prétend que quand on touche un poisson, c'est comme si on le brûlait. Je ne crois pas que ce soit vrai. Par précaution, je me mouille les mains avant de les toucher.

Je ne remets pas d'appât. Je n'en attraperai sûrement pas d'autres aujourd'hui. J'émiette ce qui reste de la mie de pain dans l'eau et je regarde les poissons remonter, leur bouche ouverte et les petits bruits de pluie qu'ils font quand ils attrapent les miettes. Ils font très bien la différence entre le pain que je jette à l'eau pour rien et celui que j'accroche à un hameçon.

Je me couche dans l'eau stagnante de la barque. Je voudrais qu'il fasse chaud et moite toute l'année.

Peut-être que je pourrais aller en Alaska uniquement au printemps et en été.

Le sauvetage des poissons

Mon grand-père dit que la sécheresse a commencé en hiver. Dès le printemps, il s'est inquiété du débit du ruisseau qui alimente l'étang et les abreuvoirs des pâtures.

Ma grand-mère dit que c'est ce printemps-là que je suis arrivée chez eux. Ce qui veut dire qu'elle, ma mère, m'a déposée un matin et qu'elle n'est jamais venue me rechercher. Je ne m'en souviens pas. Je ne me souviens pas non plus de mon premier jour d'école, de ma rentrée en maternelle, au mois de septembre qui a suivi.

Ma grand-mère dit que j'étais très fière de mon cartable en faux cuir bleu.

J'avais trois ans et j'ai presque tout oublié, mais je me rappelle très bien le sauvetage des poissons.

En mai, le niveau de l'eau s'est mis à baisser. Le soir, mon grand-père descendait au bord de l'étang, du côté gauche de la maison. Il passait la main le long de la trace verte laissée sur la façade, évaluant sa progression, puis il levait les yeux vers le ciel à la recherche d'un signe de pluie.

En juin, le ruisseau était à sec. Le fermier faisait la tournée des pâtures avec une citerne accrochée à son tracteur pour remplir les baignoires abreuvoirs. Pendant quelques jours, mi-juin, le ciel s'est couvert et il a plu, un peu. Pas assez. Juste le temps d'y croire. Les températures sont remontées et les poissons ont commencé à mourir. Les poissons rouges d'abord, puis les premières carpes. Mon grand-père a creusé une fosse pour les poissons morts. Il chaussait ses bottes en caoutchouc, il attrapait les poissons et il les balançait dans une brouette et quand la brouette était pleine il allait la vider dans la fosse. Il jetait quelques pelletées de terre par-dessus.

Ma grand-mère dit que ça sentait quand même.

C'était mon premier été chez eux. Peut-être que c'est durant la sécheresse que je me suis mise à aimer ça : la chaleur. Et les poissons.

L'étang se rétrécissait chaque jour et ce qui avait été le fond de l'étang, la vase, est devenu une sorte de désert craquelé. L'île ressemblait à une minuscule colline, un petit monticule hérissé de buissons impénétrables. Il y avait de plus en plus de cadavres de carpes. Des carpes énormes d'au moins vingt ans.

Voire bien plus, dit mon grand-père.

Plus le niveau de l'eau baissait et plus son évaporation semblait accélérée, il n'est plus resté qu'une petite mare, du côté ombragé, à l'arrière de la maison, sous les fenêtres du bureau de mon grand-père. Les carpes affleuraient à la surface, s'asphyxiaient doucement, en silence.

Ma grand-mère raconte qu'en allant voir les poissons, j'ai laissé tomber un jouet dans une crevasse de la vase desséchée et que je me suis mise à pleurer.

Mon grand-père ajoute qu'il a proposé de ne pas récupérer le jouet et de me laisser pleurer jusqu'à ce que je fasse remonter le niveau de l'étang.

Mon grand-père refusait de perdre tous ses poissons. Il a acheté une énorme bâche en plastique noir et il a commencé à creuser. Deux hommes sont venus l'aider, des voisins sans doute. Sur les photos, je ne reconnais pas leurs visages.

Mon grand-père dit qu'ils ont d'abord consolidé le bord de la minuscule mare par une sorte de barrage en vase.

Ma grand-mère dit que je suis restée deux jours le nez à la fenêtre à les regarder travailler. Elle dit que les fils de la ferme avec qui je ne jouais pas encore, Bert et Frank, regardaient eux aussi, debout derrière la clôture. Elle apportait à boire à tout le monde régulièrement, des limonades préparées par Magda. Quand le trou a eu la taille d'une petite piscine, mon grand-père et les hommes ont étendu la bâche dans le fond en la laissant déborder sur les côtés et en la maintenant avec des sacs de sable. Ils ont déplacé une deuxième fois une partie de la terre qu'ils avaient creusée pour en recouvrir les bords.

Avant d'ouvrir le barrage, mon grand-père prétend qu'il est venu me chercher. Il voulait me montrer comment on sauve des poissons.

Ma grand-mère dit que c'est elle qui m'a pris la main et qui m'a emmenée. Elle voulait me montrer comment mon grand-père s'épuisait à vouloir sauver des poissons.

Je me souviens de l'eau qui se déversait dans la petite piscine et des poissons qui tombaient avec elle. Je me souviens des carpes et des poissons rouges mais surtout des carpes qui restaient coincées et qui se tortillaient au fond de la mare vidée et je me souviens des mains de mon grand-père et des mains des autres hommes qui les attrapaient et les lançaient vers leur nouveau chez elles. L'eau n'atteignait même pas un tiers de la hauteur du trou. Mon grand-père a branché un tuyau d'arrosage et il l'a fait passer à travers le hall et à travers le salon, à travers la maison de part en part, jusqu'à le faire pendre par la fenêtre juste au-dessus de la piscine. Il a laissé couler l'eau pendant des heures, malgré l'interdiction d'arroser et de laver sa voiture. Et tous les jours, sans exception, il a rajouté de l'eau par la fenêtre.

C'étaient des poissons, dit mon grand-père, il fallait bien les sauver.

Ma grand-mère dit que les pluies sont revenues en septembre, en même temps que le temps de l'école est arrivé pour moi. Elle raconte que l'odeur de la terre a supplanté celle des poissons morts. Elle dit que jamais la terre n'avait senti comme ça.

Taupes

J'ai de nouveau trop rempli l'arrosoir. J'essaie de le porter comme si cela ne me demandait pas d'effort, comme si les chocs contre mes mollets étaient légers, sans importance. En découvrant mes lignes de poireaux, Dirk émet un petit sifflement. Il se tourne vers moi et me fait un clin d'œil. Je laisse tomber l'arrosoir et il rit, je fais semblant de rire avec lui, mes baskets sont trempées.

C'est plus facile de penser à Dirk quand il n'est pas là.

Je verse le peu d'eau qui reste sur la terre sèche presque grise d'où émergent mes poireaux. Je suis obligée de retourner près des garages pour remplir l'arrosoir au robinet extérieur. J'ouvre le robinet au maximum et le jet d'eau résonne contre le plastique, comme une rafale d'explosions. Je remplis l'arrosoir à ras bord ; je n'en ai pas fini avec le jeu de la charge trop lourde pour moi.

Mes pieds font des bruits bizarres dans mes chaussures mouillées.

Dirk n'a pas bougé. Il regarde le jardin, les mains posées sur les hanches, dans une position qui le fait ressembler à mon grand-père. Je viens me placer à côté de lui. J'observe le jardin moi aussi, j'essaie de voir ce qu'il voit.

– On doit faire quelque chose pour les taupes.

En plus de se tenir comme mon grand-père, il a ce même désir de faire disparaître les taupinières. Les petits tas de terre ne me dérangent pas, les taupes non plus. J'ai du mal à imaginer que l'on puisse vivre sans lumière mais je suppose qu'elles ont autre chose à la place et je n'ai pas envie de les tuer. Je n'ai pas envie d'abîmer leur fourrure presque mauve. Ni leurs pattes toutes roses qui ressemblent à des mains miniatures.

Je suppose que Dirk va me demander d'aller chercher les pièges métalliques. Je réfléchis à la possibilité de faire comme si je ne savais pas où mon grand-père les rangeait, ou bien comme si nous n'en avions pas.

– On va essayer les poils de chien.

Je ne suis pas certaine d'avoir bien entendu, mais je ne demande rien. Il reste immobile.

Je pose les mains sur les hanches, comme lui. Peut-être que je vais me mettre à voir les choses différemment. Je laisse glisser mon regard d'une taupinière à l'autre. Ça ne change rien. Je n'ai toujours rien contre les taupes. Je me prépare à faire semblant que j'ai oublié où se trouve la caisse avec tous les pièges.

Elle est rangée dans un des garages, tout en haut d'une étagère contre le mur du fond.

– Tu les brosses, les chiens ?

Cette fois, j'ai bien entendu.

– Parfois. Quand ils se sont roulés dans la boue. Pas Baron, il mord.

– Alors il faut la brosse et un chien, un qui mord pas !

Je me tourne vers lui, les mains sur les hanches. Nous sommes en miroir, il ne s'en aperçoit pas. Il m'explique que les taupes n'abîment pas les plantations, pas vraiment, mais que ce n'est pas joli dans une pelouse. Et il ajoute que les taupes n'aiment pas l'odeur des chiens. On va tenter de les chasser en mettant des poils de chien dans l'entrée de leurs galeries. Peut-être qu'elles iront plus loin, vers le verger. Peut-être pas. Il dit qu'il n'a jamais essayé ce truc, que c'est une expérience. C'est la première fois qu'il parle aussi longtemps, je retiens presque mon souffle.

Je retire les mains de mes hanches. Je vais chercher Tempête. Et une brosse.

L'eau dans mes chaussures est en train de se réchauffer. J'ai l'impression de marcher dans de la boue.

La cuisine est silencieuse. Il y a le dos de Magda devant la cuisinière, en train de préparer la soupe du midi. C'est dommage que Dirk soit son fils, ça gâche un peu les choses. Comme si pour avoir Dirk j'avais dû perdre un bout de Magda. J'appelle Tempête. Baron et Roc suivent aussi. Dès qu'ils me voient attraper la brosse, ils font demi-tour comme s'ils venaient de se rappeler qu'ils avaient laissé une casserole sur le feu.

Tempête est ravie de se faire brosser sans raison. Elle se trémousse et se frotte contre mes jambes. Je suis couverte de poils en un rien de temps, mon short et mes baskets sont sales, les taupes ne vont pas m'aimer. Je tends les touffes de poils à

Dirk. De ses doigts, il écarte la terre, il cherche l'entrée de la galerie et puis il y enfonce les poils. Il remet un peu de terre par-dessus, comme pour faire croire à la taupe qu'on n'a touché à rien. Je trouve ça plutôt amusant, d'enfoncer des poils de chien dans des trous de taupe. Un truc que je pourrai raconter à Bert et Frank. Ça les fera rire et puis Bert dira un truc idiot et on rigolera encore plus.

Magda nous appelle pour la soupe. C'est la première fois que Dirk mange avec nous. Ma grand-mère m'a obligée à me changer avant de me mettre à table, mon T-shirt paraissait poilu. J'ai pris plus de temps que nécessaire, j'ai traîné dans ma chambre, allongée sur mon lit, mais il a bien fallu que je finisse par descendre. J'ai beaucoup de mal à avaler, je mâche un morceau de pain depuis plusieurs minutes. Dirk est assis juste en face de moi, dès que je lève les yeux de mon assiette, je tombe sur lui. Je ne peux pas l'éviter. La soupe est un peu trop liquide, c'est une soupe de Magda. Ma grand-mère met moins d'eau. Et parfois elle ajoute du fromage frais. Je vois le fond de ma cuillère à travers la soupe.

Dirk se tourne vers ma grand-mère et il dit : La petite a très bien fait les poireaux.

J'ai envie de le tuer. Je voudrais qu'il ait un accident ou bien qu'il se trouve un vrai travail et que plus jamais il ne vienne jardiner chez nous. Magda me sourit. Elle ne sait pas que je suis en train de souhaiter la mort de son fils. La prochaine fois qu'il vient, je m'enfuis à la ferme. Je disparais toute la journée, ce ne sera pas la première fois, ma grand-mère a l'habitude. J'irai à vélo jusqu'à la boulangerie, avec Bert et Frank. On s'achètera des éclairs au chocolat et on les mangera sur le bord de la route. On essuiera nos doigts collants dans l'herbe du talus. Avec un peu de chance, il y aura une course cycliste et on pourra regarder les coureurs passer et essayer de leur lancer des sorts pour que l'un d'eux fasse une chute. Un jour, tout un peloton est tombé devant nous, ils se sont emmêlés les uns dans les autres et on ne pouvait plus savoir quelle roue ou quelle jambe appartenait à qui. On est partis en courant, comme si c'était vraiment de notre faute, et puis on a ri comme des fous, cachés derrière une haie.

Alaska

J'ai presque eu une souris. Un souriceau. C'était au printemps, il y a quelques années, pendant les vacances de Pâques. Ma grand-mère avait caché les œufs et les figurines en chocolat au pied des jonquilles et les chiens étaient restés enfermés dans la cuisine jusqu'à ce que mes stupides cousins et moi on les trouve tous. Baron était furieux et pendant le repas il s'était étalé sous la table, espérant que quelqu'un le cognerait et qu'il pourrait le mordre.

Quelques jours plus tard, mon grand-père a décidé de nettoyer les garages. Il a allumé un grand feu au milieu de la cour pour y jeter les vieilles palettes, les cartons, les sacs de jute, les bouts de rien restés à l'abri de la pluie pendant des années, à prendre la poussière, et qui s'embrasaient en craquant et en sifflant. Le feu montait vraiment haut, des brandons portés par la chaleur s'élevaient à toute vitesse dans le ciel, dépassaient presque le deuxième étage de la maison, puis s'arrêtaient un petit instant, immobiles dans les airs, avant de retomber au ralenti, noircis et paresseux. Le soleil était encore froid mais la chaleur du feu était si forte qu'il était facile de la confondre avec celle de l'été à venir. Les flammes me donnaient envie de danser et de pousser des cris mais mon grand-père était là alors je le faisais uniquement dans ma tête. Quand il s'est approché de moi, j'ai cru que j'avais dansé et crié hors de ma tête et j'ai reculé, prête à l'esquiver ; il s'est avancé encore plus près, le bras tendu, le poing serré et je ne pouvais plus bouger sans risquer de tomber dans le feu. Il s'est arrêté, son poing à hauteur de mon menton, il a écarté les doigts et je l'ai vu : un petit boudin rose tout propre, tout nu, posé comme un morceau de massepain sur sa paume poussiéreuse, à peine un souriceau. Il l'avait trouvé en soulevant un tas de vieux sacs à grains.

Je connaissais l'histoire de la tante de mon grand-père et de la souris apprivoisée qui vivait dans sa poche et qui grimpait parfois sur son épaule. Il l'avait racontée à table, plusieurs fois. Quand il y avait du monde.

Il y a des histoires que mon grand-père ne raconte que pour ma grand-mère et moi et d'autres qui ont besoin d'un vrai public.

Quand mon grand-père en parlait, on aurait dit que la tante avait vécu toute sa vie avec une souris dans sa poche. Découvrir combien de temps vit une souris était facile, j'avais vérifié dans les encyclopédies, et j'avais compris que la tante n'avait pas pu garder sa souris si longtemps que ça, mais la question que je me posais vraiment, c'était : comment la souris faisait-elle pour ses besoins ? Est-ce qu'elle sortait de la poche de la tante ? Où allait-elle ? Je n'osais pas poser la question. J'espérais que quelqu'un d'autre le ferait mais apparemment j'étais la seule à me souvenir que les souris ne font pas que manger des petits bouts de fromage et grimper sur les épaules en remuant le museau. Je n'ai jamais posé la question. Je ne pouvais pas dire les mots : « faire ses besoins » à mon grand-père, même si c'était l'expression la plus polie que je connaissais pour parler de ça.

Mon grand-père a incliné la main et il a fait glisser le souriceau dans la mienne. Il était si léger que je le sentais à peine, juste une palpitation tiède contre ma paume.

J'avais très envie d'avoir une souris apprivoisée dans ma poche, je trouverais bien une solution pour ses besoins. Je suis allée dans la cuisine, les doigts recroquevillés sans serrer autour du souriceau et j'ai vidé une boîte d'allumettes de ma main libre puis je suis montée à la salle de bains et je l'ai garnie d'ouate. J'ai déposé mon bébé souris dedans, comme dans un berceau.

Je ne savais pas comment le nourrir, comment fabriquer un biberon suffisamment petit pour lui. J'ai trempé un bout de tissu dans du lait et je l'ai approché de sa tête minuscule. Mon bébé souris a ouvert la bouche et il a tété. J'ai recommencé jusqu'à ce qu'il ne réagisse plus du tout au bout de tissu. Sans doute qu'il dormait, c'était difficile à dire avec ses yeux qui étaient juste deux petits renflements noirs sous la peau, pareils à de minuscules grains de poivre. Je me suis réveillée plusieurs fois la nuit, comme si la faim du souriceau s'insinuait dans mes rêves. Le lendemain, j'ai posé le berceau-boîte d'allumettes sur mes genoux et j'ai lu toute la journée. Je lui ai chanté des chansons. Très, très doucement pour ne pas faire mal à ses oreilles invisibles. Je lui ai expliqué toutes les choses qu'il devrait savoir quand il serait une souris.

J'ai réfléchi à un nom. J'hésitais. J'ai répété à voix haute : Kiska, Sitka, Kodiak. Katmai. Okmok. J'ai choisi le nom qui englobait tous les autres : j'ai écrit « Alaska » au marqueur vert sur le côté du berceau-boîte d'allumettes. Ma souris Alaska.

La deuxième nuit, Alaska ne réagissait plus quand j'approchais le tissu trempé de lait. Il respirait, je voyais son cœur miniature battre sous sa peau, mais il ne prenait pas le tissu en bouche. J'ai décidé de chauffer le lait. Je suis descendue à la cuisine. Les chiens n'en revenaient pas de me voir à cette heure-là et ils sautaient autour de moi et me poussaient et je leur hurlais dessus pour qu'ils ne renversent pas Alaska. Je n'osais pas lever les yeux vers les fenêtres. J'avais peur qu'un visage d'homme surgisse du noir et se colle à un des carreaux. Un visage épais et suant, rouge, une grosse bouche écrasée toute plate contre la vitre, des yeux écarquillés et ricanants. Même avec les chiens autour de moi, j'avais peur. Alaska n'a pas voulu non plus du lait tiède. Il avait peut-être froid. Je l'ai bien recouvert d'ouate en ne laissant dépasser que sa tête et j'ai soufflé pour le réchauffer. J'ai essayé de le faire boire, encore et encore, et il a fini par prendre le tissu en bouche. Je me suis sentie rassurée et je suis remontée me coucher. J'ai posé Alaska sur ma table de nuit, sous la lampe de chevet allumée. J'ai pensé que ça le tiendrait au chaud. J'ai essayé de garder mes yeux ouverts et de lui parler mais je me suis endormie.

Le matin, Alaska était tout raide. J'ai secoué doucement la boîte et son corps a bougé comme quelque chose de compact, comme de la pâte à modeler. Je n'avais pas besoin de le toucher pour savoir mais je l'ai quand même fait, du bout du doigt. J'ai éteint la lampe de chevet. J'ai refermé le cercueil-boîte d'allumettes et j'ai dessiné des cœurs, en rouge et en bleu, sur les côtés ; je l'ai glissé dans ma poche, là où Alaska aurait dû vivre. Je pensais l'enterrer près des lupins.

Ils ne me demandaient rien. Ni ma grand-mère ni mon grand-père. Ils buvaient leur café, gorgée lente après gorgée lente, et ils ne me demandaient pas comment allait Alaska. Ils ne savaient même pas que je lui avais donné un nom. Je retenais mes larmes et je les sentais couler dans ma gorge.

Alors je l'ai dit : Le souriceau est mort.

Je voulais que ma grand-mère me pince le bras ou passe sa main dans mes cheveux. Elle était distraite, comme ça lui arrive parfois. Le visage tourné vers la fenêtre, on croit qu'elle contemple le paysage mais son regard est perdu quelque part à l'intérieur d'elle-même.

Il y a eu un long silence.

Alors je l'ai répété : Le souriceau est mort.

Mon grand-père a dit, sans se tourner vers moi : C'était prévisible.

Ma grand-mère s'est arrachée à sa vision, à peine un instant, elle m'a souri et elle a continué à boire son café. Et c'était tout.

C'était prévisible.

D'un seul coup je n'étais plus triste. Autre chose a pris la place de la tristesse, quelque chose qui a envahi tout mon corps, mes bras, mes jambes, et qui me faisait comme une peau collante de l'intérieur. Du dégoût, du dégoût de moi-même. D'avoir été si bête. D'avoir espéré quelque chose qui n'allait pas se produire. J'avais été assez stupide pour donner un nom à une illusion, pour m'être imaginé la trimballer partout. J'avais été jusqu'à chercher des solutions pour ses besoins. Tout mon corps me paraissait dégoûtant et je n'avais nulle part où me réfugier. J'ai mangé une tartine en me forçant, en écrasant bien mon stupide espoir, en essayant de l'étouffer, en me sentant un peu plus écœurée à chaque bouchée. Après le petit déjeuner, je suis sortie. J'ai traîné un moment du côté des lupins. J'aurais préféré que mon grand-père me gifle, près du feu, qu'il me frappe en pleine figure avec son poing serré plutôt que de m'avoir offert ce souriceau prévisible. J'ai pris le cercueil-boîte d'allumettes et je l'ai jeté loin dans les buissons de ronces. Il n'y avait plus rien à enterrer.

Orage

J'ai cueilli des framboises avec ma grand-mère ; elle cueillait les plus hautes et moi les basses, celles pour lesquelles elle n'a plus envie de se pencher. J'en ai aussi beaucoup mangé. Ce sont les dernières de la saison. Le ciel commençait à se voiler. Il faisait très chaud, même l'étang avait l'air de transpirer.

Ma grand-mère aligne des paquets de sucre fin sur la table. Elle me donne des étiquettes, je prends des feutres dans ma trousse. Je dois inscrire le nom du fruit et la date sur les étiquettes, comme elle le faisait elle-même, avant, quand je ne savais pas encore écrire. Elle pèse les framboises, les met dans la grande bassine en cuivre. Elle vide les paquets de sucre puis me demande de l'aider à porter la bassine jusqu'à la cuisinière. Nous tenons chacune une poignée, Baron traîne dans nos jambes et ma grand-mère crie : Baron, panier !

Baron retrousse les babines, il sourit.

La porte de la cuisine est ouverte. Le vent se lève brutalement, l'orage ne va pas tarder. Les chiens vont se coucher dans leurs paniers, tous les trois. Tempête est celle qui a le plus peur du tonnerre. Elle cache sa tête entre ses pattes, comme si elle voulait disparaître. Ma grand-mère me demande de fermer la porte. Le vent est tiède, il sent la pluie. Je n'ai pas envie de fermer la porte. Je reste sur le seuil, je regarde les tourbillons de poussière soulevés par le vent. Le craquement est si fort que je sursaute malgré moi ; l'éclair libère la pluie, elle s'écrase sur les dalles de la terrasse, une eau lourde, puissante. L'odeur de la terre se mélange aux effluves sucrés des framboises. J'ai envie de nager. Je sors sur la terrasse, ma grand-mère m'appelle. La confiture est en train de prendre, elle ne peut pas quitter sa casserole, il est facile de feindre ne pas l'entendre. Je danse. J'ai la tête en arrière, la bouche ouverte. J'ai un peu peur mais je me convaincs que non.

***

Ma grand-mère me tend des essuies de cuisine, elle essaie de ne pas me montrer qu'elle rit. Je frotte mes cheveux, mes bras et je monte me changer, je dégouline dans les escaliers. Quand je m'installe à table pour terminer les étiquettes, mes cheveux sont encore mouillés. Tempête a eu tellement peur qu'elle vient s'asseoir à côté de moi, collée à mes jambes, la tête posée contre mon ventre. Elle tremble, parfois elle est prise d'un frisson et elle tente d'enfouir sa tête dans les plis de mon sweat-shirt. Sur les étiquettes, j'inscris : « Confiture de framboise et d'orage ». Et tout autour, je dessine des petits éclairs.

Mon genou est bleu

Mon genou est bleu foncé, presque mauve. La croûte est noire et la peau autour de la blessure est boursouflée, jaunâtre.

Je suis tombée en escaladant le tas de vieilles palettes qui se trouve contre le mur, au fond du poulailler. J'avais l'intention, une fois arrivée en haut, de ramper sur le toit et d'épier Dirk qui taillait la haie.

Je le déteste moins quand je le vois de loin.

Je ne suis pas arrivée en haut, j'ai glissé sur les palettes humides et elles se sont effondrées sous moi. Les poules ont couru dans tous les sens en perdant des plumes et le sang s'est mis à battre dans mon genou. Dirk n'a rien entendu, à cause du bruit du coupe-haie ; personne n'a rien entendu, heureusement. J'ai retiré le morceau de bois qui était enfoncé dans la blessure, je l'ai jeté au sol et les poules se sont approchées pour essayer de le picorer. Le bout de bois retenait le sang prisonnier dans mon genou, le sang libéré a jailli d'un coup et il s'est déversé tiède sur mon tibia. J'ai lavé ma blessure et ma jambe dans l'étang et puis je suis restée couchée au soleil sur la berge, immobile, jusqu'à ce que le sang cesse de couler et qu'une croûte commence à se former. Je me suis approchée de l'eau, j'ai mouillé ma main et j'ai nettoyé les dernières traînées de sang à l'arrière de mon genou et le long de mon mollet.

Je suis allongée sur mon lit. J'appuie avec mon index sur la croûte, la douleur emplit ma jambe jusqu'à l'aine, elle me coupe le souffle, je me mords le poing, puis elle reflue peu à peu, continue à battre sourdement sous la peau, au rythme de mon cœur. Je ne suis pas seule. J'ai un petit animal blotti dans le genou, un animal qui palpite et qui respire, et quand je le touche il se transforme en dragon et me dévaste. Je reste tranquille un moment, je regarde le plafond. Je ne peux pas m'empêcher de pousser à nouveau sur la croûte. Je suis étonnée à chaque fois de l'intensité de la décharge, ma vue se brouille, des mouches lumineuses s'ébrouent au plafond et je sens des picotements jusqu'au bout de mes doigts. Quand la douleur se replie dans mon genou, le soulagement est si grand qu'au bout d'un moment j'ai envie de recommencer.

Je ne parviens pas à dormir. Mon animal prend trop de place ; le moindre effleurement du drap le réveille. Je ne sais pas pourquoi je me mets à penser à Jésus. Aux clous dans ses paumes. J'ai l'impression que je suis prête à mourir, s'il le fallait, comme si j'étais prête à entrer dans une pièce, à sauter dans l'étang. Et je pourrais prier, agenouillée, sur le carrelage froid d'une église. Tout d'un coup je comprends Jésus en qui je ne crois pas. Et je comprends que cela n'a rien à voir avec la messe, avec le fait de rester assise sur un banc en écoutant le prêtre dans sa robe qui parle de catastrophes naturelles, qui dit qu'il ne faut pas cesser de croire en Dieu malgré les tremblements de terre et les éruptions volcaniques. C'est lié à la blessure. À la douleur. Je pense que je ne pourrai jamais parler de cela à personne.

Pousser sur la blessure c'est presque comme si j'avais réussi à ramper sur le toit du poulailler. Comme si je pouvais, rien qu'en posant mon doigt sur la croûte noire et rugueuse me retrouver tout près du dos de Dirk, de ses épaules nues parsemées de débris de feuilles collées de sueur, tout près de son odeur, un peu aigre, acide, et de son sourire. Ma blessure est comme Dirk, je l'emporte partout avec moi.

Je passe la nuit à ça. À presque tomber dans les pommes.

***

Le dos d'Inge est penché vers ma grand-mère, je déteste cette manière que les épaules d'Inge ont de s'excuser sans arrêt de la maladie de mon grand-père. Je ne comprends pas pourquoi elle devrait être désolée. Moi, je ne suis pas désolée. Et elle, elle n'est même pas de notre famille. J'ai l'impression que depuis qu'elle travaille ici, ses cheveux ont de moins en moins de couleur.

Je me glisse sur la chaise, face à l'assiette vide que ma grand-mère a laissée pour moi sur la table.

– Tu veux un œuf ?

– Oui.

– Comment ?

– Coque.

Ma grand-mère n'est pas désolée non plus.

Baron est sous la table, il se lève, s'ébroue et sa tête cogne mon genou. Je pousse un cri. Inge et ma grand-mère me regardent. Je suis obligée de me lever et de leur montrer ma blessure de toutes les couleurs. Inge s'approche et pousse un peu sur les bords gonflés, tout doucement, sans réveiller le dragon.

– Il y a combien de temps ?

Ses sourcils sont froncés et sa bouche toute serrée.

– Je ne sais pas. Quelques jours.

Ma grand-mère sort de la cuisine, sans rien dire. Je sais exactement depuis combien de temps je me suis blessée mais ça me tuerait de le dire. Je fais comme si je ne me souvenais plus. Comme si c'était arrivé en passant.

Inge pose la main sur mon front. Ça ne lui suffit pas et elle soulève mes cheveux, pose la main dans ma nuque, puis approche sa tête de mon visage et colle sa joue contre mon front. Je déteste ça. Elle dit que ça va, que je ne suis pas chaude. Ma grand-mère revient avec un tube de crème et la boîte en métal avec tous les bandages et les sparadraps. Inge acquiesce, prend le tube et étale sur la blessure une épaisse couche de crème brune qui sent le goudron. Elle me fait un pansement énorme, je ne peux presque plus plier la jambe.

– Si elle fait de la fièvre, il lui faudra des antibiotiques.

Ma grand-mère répond que ça l'étonnerait, que je n'en ai jamais eu besoin.

Elle passe la main dans mes cheveux et j'ai l'impression qu'elle est fière de moi.

Je mange mon œuf et je m'habitue peu à peu à la pression du pansement sur la blessure, à mon cœur qui bat dans mon genou. Je ne sais pas pourquoi, ma grand-mère répète que je n'ai jamais pris d'antibiotiques. C'est comme si je rétablissais un niveau normal de santé dans la maison, mon grand-père est en train de mourir mais moi je n'ai jamais eu besoin d'antibiotiques. Ma grand-mère est subitement d'humeur joyeuse. Elle s'assied près de moi avec sa tasse de café.

– Et comment t'es-tu fait ça ?

Je sens qu'elle a envie de savoir, que ça fait partie de ce que devrait être l'été, moi qui tombe de vélo ou qui m'enfonce un hameçon dans le doigt plutôt que mon grand-père qui meurt.

– Je suis tombée. Dans le poulailler. J'ai vu... J'ai cru voir un chaton sur le toit.

– Toi et les chats !

Ma grand-mère rit, un petit gloussement, elle m'ébouriffe encore les cheveux.

– La petite aurait tant voulu avoir un chat, dit-elle en s'adressant à Inge mais sans me quitter des yeux, c'est impossible, avec les chiens...

Inge dit qu'elle va monter maintenant. Elle part, là-haut, le soigner, lui faire des piqûres, le laver, je ne sais pas quoi, et je suis contente d'être seule avec ma grand-mère. Elle demande si je veux encore quelque chose à manger. Je n'ai plus faim. La douleur me coupe l'appétit mais je réponds oui. Je la regarde me couper une tranche de pain épaisse et inégale. La tranche entre à peine dans le grille-pain. Je me demande si elle va apprendre à couper le pain. De la même manière qu'il faudrait que j'apprenne à faire du feu. Je mâche à petites bouchées, jusqu'à ce que son regard, lentement, cesse de s'émerveiller de mes cheveux d'ailleurs et de mes joues d'ici, de ma bonne santé, et qu'il dérive vers le jardin. Jusqu'à ce qu'elle se lève et commence à débarrasser la table. Jusqu'à ce que le matin ressemble à n'importe quel autre matin.

Trésor

Je dépose mon trésor dans un bol. Des groseilles à maquereau bien mûres, leur peau diaphane prête à craquer. Avant de traverser le verger, j'ai fermé soigneusement la barrière derrière moi pour empêcher les chiens de me suivre. Au passage, j'ai caressé du bout du doigt les pommes et les poires, certaines pas plus grosses que des noix. Je suis contente qu'elles aient échappé à Dirk. J'ai palpé une prune, déjà bien grosse mais encore dure comme un caillou. Printemps tardif, avait dit mon grand-père quand il était revenu de l'hôpital et qu'il avait fait le tour du jardin et du potager, appuyé sur l'épaule du mari d'une de mes tantes.

Je me suis agenouillée devant les groseilliers. Ma blessure ne fait plus mal. L'animal s'est enfui, la crème qui sent le goudron lui a ouvert une brèche et il s'est écoulé dans un mélange de sang et de pus. La tension a disparu, j'ai complètement oublié Jésus. Mais je ne peux toujours pas nager dans l'étang, ma grand-mère me l'a interdit. Je porte quand même mon maillot rouge, avec un jeans coupé en short par-dessus. Ma grand-mère sait que c'est difficile de lui obéir.

Il a plu pendant la nuit. L'herbe est encore humide mais déjà chaude, elle chatouille mes jambes nues. Je mange une groseille sur deux que je cueille. J'amasse les autres dans le bol blanc, pour mon grand-père.

Depuis qu'il est malade, il est plus facile à aimer.

Quand il est revenu de l'hôpital, il avait des aphtes dans la bouche et dans la gorge et il ne mangeait presque plus. Les aphtes ont guéri mais il mangeait toujours très peu, il disait que rien n'avait le même goût qu'avant.

Même le chocolat, avait-il ajouté.

Sa peau est parsemée de taches brunes et elle colle à son corps, comme si elle avait été aspirée de l'intérieur. Peut-être que les taches brunes étaient déjà là avant mais je ne les remarquais pas. Les médicaments qu'on lui a donnés à l'hôpital l'ont rendu chauve. Les médecins ont dit que les médicaments ne servaient plus à rien et il est rentré à la maison. Un duvet est en train d'apparaître sur son crâne, des petits poils blancs tout fins comme sur les oisillons, l'étape avant les plumes.

Mon grand-père a cessé de rétrécir. Hier soir, Inge a dit qu'il avait mangé avec beaucoup d'appétit. Je l'ai entendue en parler avec ma grand-mère. J'ai essayé, une fois de plus, de faire barrage aux mots, mais ça ne les a pas empêchés d'entrer dans ma tête. C'est une chose très difficile d'arriver à ne pas entendre.

– Souvent, juste avant la fin, on dirait qu'ils guérissent, a dit Inge.

Je n'ai pas regardé le visage de ma grand-mère quand elle n'a pas répondu.

Dans le coin des groseilliers, cachée par le feuillage du vieux saule pleureur, je suis invisible. Depuis la maison, personne ne peut deviner que je suis là. Je connais bien tous les endroits du jardin d'où l'on peut être invisible. Je choisis les meilleures groseilles. La peau bien croquante et l'intérieur tout sucré. Dès que j'ai un doute, chaque fois que je ne suis pas certaine qu'une groseille soit vraiment bien mûre, je la mange. Il reste quelques framboises. Il y a encore beaucoup de confitures à faire. Celui qui en mangeait le plus, d'habitude, c'était mon grand-père.

Je m'allonge un moment dans l'herbe. Le ciel est blanc d'humidité.

***

Je n'ai jamais offert quoi que ce soit à mon grand-père. Lui non plus, d'ailleurs, ne m'a jamais fait de cadeau. À Noël, ou pour mon anniversaire, je déballe mon paquet et je le remercie, mais je vois bien qu'il découvre en même temps que moi ce que ma grand-mère m'a acheté de leur part à tous les deux. Je ne l'imagine pas dans un magasin. Je ne sais pas d'où viennent tous les livres alignés sur les étagères de la chapelle qui lui sert de bureau et dans les rayonnages de la bibliothèque qui se trouve juste en dessous. Je ne sais pas d'où viennent ses vêtements ni qui les choisit. Maintenant, il est tout le temps en pyjama.

Je suis debout près de son lit avec mon bol blanc et je ne sais pas comment faire. Je m'assieds, puis je lui tends le bol, sans rien dire. Il ne dit rien non plus. Il allonge la main, un geste lent, son bras a l'air de peser trop lourd, il prend une groseille et j'ai l'impression que ses doigts sont des pinces. Les pinces portent la groseille à sa bouche. J'espère qu'il va quand même profiter du goût de la groseille, maintenant qu'il est en train de guérir avant de mourir.

Il baisse le bras, vers le bol. Me fait un geste du menton.

– Sers-toi.

– J'en ai déjà mangé beaucoup…

– On n'en mange jamais trop.

Alors j'attrape une groseille. Puis une deuxième. J'attends qu'il en prenne une avant de me resservir. Je suis concentrée, je mâche interminablement, comme lui. J'essaie de voir sur son visage s'il est content, mais je ne remarque rien. Ses joues jaunes. Les taches. La repousse blanche. Sur son crâne et aussi un peu sur son menton. Ses yeux bleus, pas très différents, sauf le blanc qui est moins blanc, ses paupières qui flottent.

Je prends une groseille. Ses pinces attrapent une groseille. Chacun son tour. Je ne suis pas particulièrement grande pour mon âge mais j'ai l'impression d'être une géante à côté de lui. Mes bras sont gigantesques et forts, le matelas s'affaisse à l'endroit où je suis assise tandis qu'il repose à peine dessus, il est une feuille de papier glissée entre les couvertures.

C'est vrai qu'il a de l'appétit. Je me demande comment son corps fait pour avaler toute cette nourriture, comment il est encore capable de la mettre quelque part. Il est plat comme le loup du dessin animé après qu'un énorme rocher lui est tombé dessus. *Bip bip !* Tout d'un coup j'ai envie de regarder la télévision avec ma grand-mère. D'être ailleurs qu'ici. D'être assise dans le salon, elle sur le petit fauteuil vert en biais à la droite de l'écran et moi dans le canapé en velours, un peu en retrait. Si je lève les yeux au-dessus de l'écran, je tombe sur le grand portrait au mur, la dame au petit chien dont le regard me suit et m'observe quel que soit l'endroit du salon où je me trouve. Le soir, quand il fait nuit et que ma grand-mère allume les lampadaires, la tête de la dame au petit chien disparaît dans l'ombre. Je préfère ça, quand la dame est décapitée.

Quand l'heure de monter pour moi est dépassée, que le programme se poursuit avec des émissions pas de mon âge, je ne fais plus de bruit, je me recroqueville en espérant qu'on m'oublie, que je disparaisse moi aussi dans l'ombre.

En été, nous ne regardons presque jamais la télévision. Nous ne la regarderons pas ce soir. Si c'était l'hiver, peut-être, oui. Je repense au feu. Il faudra vraiment que j'apprenne, d'ici à l'hiver. Pour ces choses-là, les encyclopédies ne servent pas à grand-chose. Je vais devoir me débrouiller avec les allumettes.

Si j'ose, je demanderai à Dirk.

Il reste une seule groseille. J'ai été distraite, je ne sais pas si c'est mon tour ou celui de mon grand-père. J'attends. Ses pinces avancent, il y a un peu d'eau au fond du bol et la groseille est tout humide. Il la met en bouche. Il cligne des yeux un peu plus longtemps que d'habitude et je crois que la groseille lui fait plaisir. Je reprends le bol et je lui souris.

– J'en rapporterai demain.

La baleine

Je ne sais pas si je me souviens vraiment de la sécheresse et du sauvetage des poissons. Peut-être que ma mémoire est celle des photos en noir et blanc, la vase craquelée comme le désert et la piscine des poissons, épinglées sur le mur de la chambre noire de mon grand-père ; peut-être que les mots que je crois miens sont en réalité ceux de ma grand-mère et de mon grand-père, des mots de leurs récits que j'entremêle pour raconter le mien.

Mais la baleine, ça, je suis certaine de m'en souvenir. Personne n'a eu besoin de me décrire comment elle est sortie de l'eau, tout doucement, son dos noir et luisant qui brillait et absorbait la lumière en même temps, et personne n'a eu besoin de me rappeler ce qui lui est arrivé, comment cette histoire s'est terminée.

C'est moi qui l'ai vue la première. J'étais déjà assez grande pour ramer jusqu'au milieu de l'étang, pour tenir mon bâton et mon bas de ligne. Assez grande pour reconnaître une baleine qui fait surface.

Je gardais les yeux fixés sur mon flotteur en plastique orange et blanc. J'avais jeté un peu de pain dans l'eau parce que j'avais vu un pêcheur faire ça à la télévision, jeter de l'appât avant de lancer sa ligne. Ça ne mordait pas très bien. Je commençais seulement à apprendre toutes ces choses que je sais maintenant comme les bons endroits de l'étang où pêcher, la manière de se placer par rapport au soleil, les heures qui sont celles des poissons. Je regardais mon flotteur et j'attendais que quelque chose se passe.

Et quelque chose s'est passé.

L'apparence de la surface de l'étang s'est modifiée, elle est devenue opaque, comme si l'eau s'était solidifiée, et c'était exactement ça, la surface s'est bombée à quelques mètres de moi, l'eau s'est transformée en quelque chose de solide qui repoussait l'air, quelque chose d'immense, de noir et de calme, en expansion. Je savais bien que c'était une baleine qui faisait surface, son dos se déployant dans un mouvement aussi inéluctable qu'une respiration. Elle était si proche qu'elle allait sans doute renverser la barque. Je n'ai pas crié, je n'ai pas cherché à m'éloigner, à m'échapper ; je n'ai pas sauté dans l'eau ni ramé vers la rive. Je suis restée sans trembler dans l'attente de la voir tout entière. J'ai réussi à bouger un peu, à ramener mon bas de ligne et j'ai posé ma canne dans la barque, et puis, je m'en souviens, j'ai allongé le bras. Le désir de sentir sous mes doigts son dos huileux était plus fort que la peur et j'étais prête à chavirer avec elle.

Bientôt, j'allais pouvoir la toucher.

J'ai entendu la fenêtre du bureau de mon grand-père qui s'ouvrait, avec difficulté, le châssis poussant de petits gémissements avant de finir par céder. Je ne voulais pas lever les yeux, je ne voulais pas détacher mon regard de la baleine mais je l'ai quand même fait, juste le temps d'apercevoir le visage de mon grand-père, la main posée devant sa bouche comme pour s'empêcher de crier et ses yeux beaucoup trop grands, juste le temps de le voir reculer.

Mon grand-père avait disparu. Je suis restée seule avec la baleine qui n'en finissait pas de sortir, de ruisseler d'eau, ma main tendue et sa peau luisante, toujours un peu trop loin, hors d'atteinte, et je me suis demandé si mon grand-père m'avait abandonnée. S'il s'était dit que de toute manière il n'y avait rien à faire et qu'il pouvait se remettre à travailler.

Une ombre m'a fait lever les yeux à nouveau.

Mon grand-père était revenu, et il était armé. Il souriait. Lui qui déteste la chasse, il souriait en levant sa carabine, il souriait en ajustant son tir, dans ce qui semblait être ma direction, à tel point que j'aurais pu croire que c'était moi qu'il visait mais je savais bien que c'était elle qu'il cherchait à abattre.

Il a crié : Tu vas voir ! Je ne savais pas si ça s'adressait à moi ou à la baleine. Puis il a tiré. Deux fois. Un silence. Encore deux coups. Et la baleine est morte. Elle avait à peine bougé mais elle n'était plus vivante, sa peau ne frémissait plus de toute sa force immense, elle était juste flasque, sale. Elle flottait.

Mon grand-père a crié : La bâche !

Je n'ai pas compris. Je me suis mise à pleurer. Je gardais la main tendue, comme si je pouvais rattraper la baleine, rattraper ce qui s'était passé, les coups de feu qui résonnaient encore, le silence entre les deux salves. Je pleurais toujours quand mon grand-père est descendu sur la berge, quand il m'a appelée, m'a fait signe de ramer jusqu'à lui. J'ai séché mes larmes avant de le rejoindre parce qu'il ne faut pas pleurer, jamais, et mon visage était sec et impassible quand il m'a expliqué la fermentation de la vase et les gaz qui avaient gonflé la vieille bâche de la piscine du sauvetage des poissons.

***

Il a fallu dépecer la baleine, la sortir de l'étang et la couper en morceaux pour pouvoir la jeter. Les fils de la ferme sont venus nous aider. Ils ne l'avaient pas vue vivante, ils ne pouvaient pas comprendre, la beauté qu'elle avait été, la douleur que c'était, tout ce qu'ils voyaient c'était une bâche sale, informe. Avant que mon grand-père ne tire sur elle, elle avait vraiment été une baleine et je le détestais pour ça, de l'avoir tuée avant même que j'aie eu le temps de lui caresser le dos. Mon grand-père riait en racontant l'histoire, et moi je prenais garde à ne pas pleurer. Pendant des heures nous l'avons découpée, la vase gluante dégoulinait sur nous comme du sang noirâtre et épais. Nous en étions tous couverts, nous étions poisseux et puants, et les heures s'étiraient jusqu'à la nuit sans que nous en ayons fini. Même tout à la fin, quand Bert a glissé dans le sang de la baleine et qu'il est tombé dans l'étang, en arrière, ses mains battant l'air et ne se rattrapant à rien, et qu'au lieu de le traiter de maladroit mon grand-père a ri, même à ce moment-là, je n'ai pu faire mieux qu'un faux sourire.

***

Je suis assise sur le lit de mon grand-père. La machine souffle, je dénoue les tresses que j'ai faites la veille dans les franges de sa couverture. J'ai rapporté le bol blanc, rempli de groseilles, je l'ai posé entre nous. On a mangé toutes les groseilles, lui du bout de ses pinces, moi du bout de mes doigts pleins de force. Je ne sais pas si mon grand-père m'aime. Je ne crois pas. Moi non plus. Nous aimons les mêmes choses. L'étang, les groseilles à maquereau, la lumière et le jardin. Tout ce qui lui manquera tant. Les poissons. Même si on ne les aime pas de la même manière. Lui, la pêche, ça ne l'intéresse pas. J'ai dû promettre de toujours relâcher les poissons rouges et de ne jamais attraper ni même essayer d'attraper une carpe.

Il y a des pays où on mange les carpes mais nous pas, m'a dit mon grand-père, et il n'est pas question qu'on attrape les siennes.

Je ne l'avais pas vraiment remarqué avant. Depuis qu'il est malade, ça se voit plus. Qu'on aime les mêmes choses. Mais je ne sais pas quoi faire de ça.

L'anguille

Frank et Bert se tiennent tout raides devant la porte de la cuisine. Ils demandent la permission de pêcher l'anguille dans l'étang. Je suis juste à côté de ma grand-mère mais ils ne me regardent pas. Ils m'ignorent comme s'ils ne m'avaient jamais vue. Comme si on n'avait jamais joué ensemble. Comme s'ils ne m'avaient pas appris à nourrir les veaux, à conduire le tracteur et à rincer les boyaux de cochon au tuyau d'arrosage avant d'en faire du boudin.

Ma grand-mère réfléchit.

Ils savent et ma grand-mère sait et je sais qu'ils n'auraient jamais osé poser la question à mon grand-père. Cela doit faire longtemps qu'ils en rêvent, de cette pêche, et dans leur impatience ils n'ont même pas pu attendre que mon grand-père soit tout à fait mort.

– Il y a des anguilles dans l'étang ? demande ma grand-mère.

– Oh oui ! répond Bert.

Il va ajouter quelque chose mais Frank lui donne un coup de coude et il se tait.

– Et ça se pêche comment, l'anguille ?

Cette question-là, ils ne s'y attendaient pas. Moi non plus. Je ne vois pas le visage de ma grand-mère, j'aimerais bien voir quel genre de visage elle a quand elle pose une question pareille.

Frank est timide mais il parle mieux français que Bert et c'est lui qui explique. En même temps qu'il parle il fait des gestes avec les mains et il garde les yeux baissés.

– On prend un fil avec une grande aiguille, on passe le fil dans les vers, par l'aiguille, plein de vers de terre, beaucoup. On fait comme une boule de vers de terre. Et on laisse la boule descendre dans l'eau puis on attend que l'anguille mange les vers. On prend aussi un parapluie, à l'envers comme ça et quand l'anguille mord il faut la remonter et la mettre dans le parapluie avant qu'elle s'enfuie. On doit faire ça vite. Il faut pêcher le soir, quand il fait presque noir… C'est le meilleur moment.

Ma grand-mère réfléchit. Les mains de Frank n'ont plus de gestes à faire et il les laisse retomber, ses bras pendent inutiles le long de son corps. Il ne me regarde toujours pas.

– D'accord, mais vous emmenez la petite.

***

On est là tous les trois, au bord de l'étang, sur la berge qui fait face à la cuisine. Peut-être que ma grand-mère nous regarde, peut-être que nous voir la fait sourire, peut-être qu'elle a ce même visage que je n'ai pas vu quand elle a posé sa question sur la pêche à l'anguille. Bert et Frank me connaissent de nouveau et Frank me montre comment enfiler les vers sur le fil. Les vers de terre sont dans un petit seau en plastique blanc qui a contenu de la mayonnaise. J'enfonce l'aiguille dans un ver et puis j'enfile le ver dessus comme une chaussette. Je le fais glisser le long du fil et je recommence. Quand on a enfilé une vingtaine de vers, Frank enroule le fil autour de son poing et puis il fait un nœud et ça fait une pelote de vers, il attache la pelote à une ligne avec un bouchon de bouteille de vin comme flotteur. Bert tient le parapluie à l'envers. On est accroupis tout près de l'eau. Frank dit qu'il est possible qu'on reste longtemps comme ça. La berge est en pente et elle est glissante ; on se tient tous les trois tranquilles en prenant bien garde à ne pas tomber. On parle en chuchotant mais je ne sais pas si les anguilles peuvent nous entendre. Frank m'explique que si l'eau du ruisseau était plus claire on pourrait chercher les trous que les anguilles font dans la vase et les attraper directement dans le ruisseau. Mais l'eau n'est pas claire, ni dans l'étang ni dans le ruisseau. Je n'ai jamais vu d'anguille. Ils disent que ça ressemble à un serpent. Je demande si c'est bon. Ils disent que ça se mange avec une sauce verte. Bert ajoute que d'abord, quand on l'aura attrapée, on devra la peler. Lui enlever sa peau, la mettre à l'envers et tirer dessus, comme si on la déshabillait.

L'étang sent fort. Frank me laisse tenir la canne à pêche qui est juste un bâton, comme la mienne. Il dit que si ça mord, il reprendra la canne et que quand l'anguille sortira, il ne faudra pas que je crie, que ça le déconcentrerait. Je ne vois pas pourquoi je crierais.

– Parce que ça ressemble à un serpent, dit Bert en haussant les épaules.

Je lui fais remarquer que je n'ai pas crié pour la baleine, je ne vais pas crier pour un bête serpent.

On rigole, sans faire de bruit. C'est la première fois que je rigole en pensant à la baleine. C'est fatigant de rester accroupi et on s'assied. Je relève la jambe de mon jeans d'une main et je gratte ce qui reste de croûte sur mon genou. La peau est rose, dessous, et toute molle. Ni Frank ni Bert ne me demandent comment je me suis blessée. Ce sont les adultes qui prêtent attention aux bleus, aux éraflures, aux coupures. Je tiens toujours le bâton. J'ai bien envie de remonter la ligne pour voir encore une fois à quoi ressemble la pelote de vers mais Frank m'a demandé de bouger le moins possible. Il dit que l'anguille se méfie, qu'elle ne se laisse pas pêcher comme ça.

Le soleil est couché et l'humidité commence à remonter du sol, passant à travers le tissu de mon jeans. Des canards sont venus voir ce qu'on faisait, on les a chassés en chuchotant. À présent, ils doivent être en train de s'endormir quelque part, la tête enfoncée sous une aile. J'ai froid, mais je voudrais bien attraper une anguille. Je continue à fixer la surface de l'étang, le ciel ne s'y reflète plus du tout. L'eau semble engloutir peu à peu la lumière. J'imagine l'anguille, cachée dans son trou, la vase tiède autour d'elle. Je voudrais vraiment revoir la pelote, juste un moment. Est-ce que les vers se tortillent encore ? J'imagine l'anguille qui sort tout doucement de son trou, qui s'approche de la pelote. J'ai l'impression que si je me concentre sur cette vision suffisamment longtemps – sa bouche qui avance et qui s'ouvre toute grande –, je parviendrai à la communiquer à l'anguille, je lui donnerai envie de s'approcher de cette pelote autant que moi j'ai envie de la pêcher. Je retiens ma respiration. J'appelle l'anguille de tout mon corps. C'est un peu comme avant l'orage, quand la pluie se fait attendre et je regarde les nuages qui gonflent et qui grondent, je les regarde comme si mes yeux pouvaient les percer, je sens l'électricité qui frôle mes bras et mes jambes et la chaleur bousculée par le vent.

Il fait tellement noir que je ne vois presque plus le bouchon. J'essaie de me concentrer encore mais la seule image qui me vient c'est l'anguille qui retourne dans son trou, qui s'enroule sur elle-même et qui s'endort. Je la vois presque me faire un clin d'œil avant de poser sa tête sur son corps tout lisse. Puis je me demande ce que ça fait de ne pas avoir de paupières, de ne pas pouvoir échapper, jamais, à ce qu'on a devant soi. Je me demande comment c'est de dormir les yeux ouverts, même si on est dans le noir, la sensation de l'eau sur la cornée. Je bâille. L'anguille est plus forte que moi, en télépathie.

Je chuchote : Comment tu sais qu'il y a un trou d'anguille là-dessous ?

Bert est de dos et je ne vois que ses épaules tandis que le visage de Frank est presque invisible, une lueur pâle, mais je sais qu'ils se regardent, qu'ils se posent une question avec les yeux. Ils restent silencieux. Je sens qu'ils hésitent.

Frank répond : C'était il y a longtemps.

Bert ajoute : On l'a presque attrapée…

Frank reprend : On n'avait pas eu le temps de mettre le parapluie en dessous.

Je remonte le bâton, ça ne sert plus à rien. L'anguille a gagné.

Il fait trop sombre et la pelote est à peine une tache plus claire au bout de la ligne, je ne parviens pas à distinguer si les vers bougent encore. Frank me prend le bâton des mains et Bert referme le parapluie. On se relève, avec des gestes lents, pour ne pas glisser. Mes fesses sont trempées ; maintenant que j'ai cessé de me concentrer, je ressens le froid plus fortement, et mes genoux sont paralysés par l'immobilité. On remonte la berge, courbés vers l'avant, presque à quatre pattes.

On marche jusqu'à la serre. Bert et Frank vont la contourner par la gauche pour rentrer à la ferme. Moi je vais la longer et puis il faudra que je trouve la barrière dans la clôture et je remonterai l'allée qui mène à la maison. Il n'y aura pas long à marcher mais j'ai un peu peur quand même. Je cherche quelque chose à dire pour retarder le moment de traverser le noir.

– L'autre jour, on a chassé les taupes en mettant des poils de chien dans leurs galeries.

Bert et Frank rigolent.

– La prochaine fois, c'est encore mieux de mettre le chien tout entier, dit Bert.

Crépuscule

Inge revient dans l'après-midi s'occuper de mon grand-père. Pendant mon heure, celle où d'habitude je m'assieds sur le bord de son lit. Au lieu de monter, je reste à la cuisine avec ma grand-mère. Je ne sais pas quoi faire. Je l'aide à éplucher les pommes de terre. Je vois bien qu'elle aussi, elle préférerait que je sois là-haut. On s'est habituées, toutes les deux. Elle prépare le repas pendant que je reste assise près de mon grand-père ; elle lui apporte son plateau et ensuite on mange elle et moi à la table de la cuisine qui paraît beaucoup trop grande pour nous.

Inge reste des heures en haut. Je jette les épluchures dans le seau en plastique rouge des poules. Je prends une éponge et je nettoie la table. Je secoue les coussins des paniers des chiens. Je rince leurs gamelles. Je remplis la carafe d'eau fraîche. Je tourne en rond.

Quand Inge redescend, le plateau de mon grand-père est prêt. Ma grand-mère me demande de le lui apporter. Je monte l'escalier pas à pas, comme au ralenti, je ne vois pas mes pieds et j'ai peur de tout renverser à chaque marche. La porte est fermée. Je l'ouvre avec mon coude. Mon grand-père n'a pas l'air très content de me voir. Je ne crois pas que lui s'imagine encore que des choses peuvent durer toujours mais je vois bien que le changement ne lui plaît pas pour autant. Il se redresse, lentement, et j'attends, debout à côté de lui. Je pose le plateau au-dessus de ses jambes. Il fait le geste avec sa main pour que je m'asseye sur le lit. Il regarde par la fenêtre, moi aussi. Le soleil est encore haut, il commence seulement à frôler les champs. Je ne vois pas l'étang d'ici, assise sur la couverture à franges, mais je sais que le soleil ne parvient pas à éclairer sa surface, je sais comme l'eau sombre engloutit ses rayons et aussi combien, par contraste, la façade paraît lumineuse et rousse. Je sais que je voudrais voir ça et lui aussi, immobile devant son plateau. Je me tourne vers lui. Il ne lâche pas le soleil des yeux. La lumière le rend un peu roux, comme la façade, presque orange. Comme s'il avait bonne mine.

Je gratte la couverture du bout de l'ongle. Peut-être que si je gratte toujours au même endroit je vais finir par la trouer. Passer au travers.

Il est trop tard. J'ai pris ma douche depuis longtemps, ma journée s'est effacée et je ne sais pas quoi dire, je n'ai rien à raconter. J'ai faim. Je devrais déjà avoir mangé. Je regarde l'assiette qui ne fume plus sur le plateau, le boudin noir dont la peau a craqué, la purée, la compote et je salive. Mon grand-père n'a pas envie de faire la conversation. Il soupire, tellement mécaniquement que je me demande si ce n'est pas la machine qui soupire à sa place. Il se tourne enfin vers son assiette. Les couverts sont trop lourds pour ses mains, elles sont toujours grandes mais elles n'ont plus de force. Il coupe un minuscule morceau de boudin, le plus minuscule morceau de boudin que j'ai jamais vu, et il le met en bouche, avec un geste si hésitant que je crois qu'il va changer d'avis. Il ne mâche pas vraiment, il bouge à peine la mâchoire et au bout d'un moment, il avale la miette de boudin. Sa pomme d'Adam monte et descend et elle me paraît énorme. Miette par miette, il mange.

Entre chaque bouchée, mon grand-père se tourne vers le soleil et à ce jeu-là je pense que le soleil va gagner, qu'il parviendra à incendier l'horizon et la façade de la maison et puis à nous abandonner dans l'obscurité avant que mon grand-père ait fini la moitié de son assiette. Et moi je mangerai au milieu de la nuit. Ou jamais. Mon estomac gargouille. On entend la voiture d'Inge qui démarre et je réalise que pendant tout ce temps elle est restée à la cuisine avec ma grand-mère. Baron aboie dans la cour, deux ou trois fois, sa manière à lui de dire : Et ne t'avise pas de revenir ! En entendant son chien, mon grand-père pivote un peu, il tourne la tête vers l'autre côté de la pièce, son regard abandonne le soleil et se perd à travers les fenêtres qui donnent sur la cour avant de se poser sur moi. Il avait oublié que j'étais là, assise sur ses couvertures. Il repose les couverts sur le plateau, lève une main.

– Emporte tout ça.

La mer des Sargasses

Dans l'étang pour la première fois depuis que je me suis blessée au genou. J'ai ramé jusqu'à l'île, minuscule et tellement ébouriffée de joncs et de rejetons de saules que seuls les canards, les poules d'eau et les rats peuvent s'y tenir. J'ai attaché la barque à un rejeton de saule et je me suis glissée dans l'eau. L'étang est un peu différent depuis que je sais qu'il y a une anguille dedans. L'eau est plus liquide, ou plus fluide, elle glisse différemment sur mes jambes et mes bras et mon ventre. Je n'ai pas peur de l'anguille. J'ai passé du temps dans la bibliothèque, avec les encyclopédies ouvertes autour de moi sur le vieux plancher presque noir. Mon anguille vient de la mer des Sargasses, elle est née là-bas et elle y retournera pour se reproduire. Elle remontera le ruisseau qui traverse les champs et alimente l'étang, et après ça, elle ne fera plus que suivre le courant, descendre les ruisseaux et les rivières jusqu'à la mer. Un peu comme les saumons, mais dans l'autre sens. Pour le moment elle est jaune, mais pendant son voyage son dos va noircir et son ventre va devenir argenté, ses yeux vont grossir. Mon anguille est capable de sortir de l'eau et de glisser dans l'herbe humide, de pluie ou de rosée, grâce à des branchies spéciales. Elle est venue de la mer des Sargasses, et elle a choisi cet étang-ci pour y vivre. Pour y dormir les yeux grands ouverts, pour devenir une anguille adulte.

Tant que j'étais dans la bibliothèque, j'en ai profité pour vérifier si Edison avait une moustache ou pas. Il n'en avait pas. Par contre, je m'étais bien souvenue de son regard fâché, de son air d'être en colère non seulement contre le photographe mais aussi contre le monde entier derrière le photographe. Peut-être que c'est pour ça qu'il inventait des choses, peut-être que le monde ne lui convenait pas. Peut-être qu'il ne savait rien des voyages des saumons et des anguilles.

Je n'aurais pas imaginé que c'était possible, rejoindre la mer à la nage depuis l'étang. En venant s'installer dans l'étang, l'anguille a apporté un peu de la mer. Et quand elle repartira, elle emportera un peu de l'étang avec elle. Ça veut dire que l'eau est comme le ciel : il n'y en a qu'une. Le ciel est blanc, aujourd'hui, pas bleu ni gris, il est blanc. Ça arrive quand il fait très chaud et un peu humide, quand il n'y a pas de vent. Et je sais que le ciel a une couleur différente ailleurs. À la mer, il est encore plus grand qu'ici, plus dur, presque métallique. Dans les Ardennes, quand j'y suis allée avec l'école, le ciel était gris et rond, moelleux. Je mets la tête sous l'eau et je garde les yeux ouverts, comme un poisson ; l'eau est douce et un peu collante, et verte ou couleur de rouille, ça dépend de la lumière. Je ne vois presque rien, une lueur vers le haut et l'absence de lumière vers le bas. L'eau a un goût fade et je ne suis pas censée la boire. Chaque étang, chaque ruisseau, chaque rivière a une couleur et un goût différents, et les mers aussi, mais on peut passer de l'un à l'autre en nageant, alors c'est la même eau.

J'imagine que je parviens à suivre l'anguille, dans son voyage, la nuit. Je remonte le ruisseau et j'arrive à un cours d'eau un peu plus gros, je suis l'anguille car elle sait dans quelle direction se trouve la mer ; je goûte chaque ruisseau, chaque rivière. Et on nage, on nage. Dans des rivières de plus en plus larges. Le jour on se repose, elle enroulée dans un trou de vase, moi couchée au pied d'un arbre, cachée par les hautes herbes. On arrive à la mer. Je dis au revoir à l'anguille parce qu'elle doit encore traverser la mer du Nord et l'Atlantique, je m'allonge sur le sable et le ciel a sa couleur différente, les nuages sont plus rapides. Puis je reviens, je connais le chemin maintenant, je remonte les rivières et je traverse les prés la nuit, mes pieds dans la rosée et ma tête sous la pluie, et un matin, à l'aube, très tôt, le soleil est à peine une ligne orange derrière les peupliers, je suis à nouveau dans l'eau rouille de l'étang. Je remonte la berge et je rentre sans bruit dans la maison, les chiens me lèchent les doigts, les mains et les jambes, je les empêche d'aboyer en leur caressant le museau, je me glisse dans mon lit et je m'endors dans mes draps humides. J'ai rapporté de l'eau de mer jusque dans mon lit. Au petit déjeuner, ma grand-mère me prépare un œuf à la coque et elle me coupe une tranche de pain épaisse et inégale. Elle ne me demande pas où j'ai été, je ne suis pas partie longtemps, quelques jours à peine. C'est comme quand je disparais une journée entière à la ferme, ou dans les champs, que je pêche toute une après-midi dans l'étang. Elle ne pose pas de questions et je ne raconte presque rien. Peut-être que les seuls mots qu'on a en commun sont ceux du livre qui se trouve dans le tiroir de sa table de chevet, mais je ne peux pas lui dire que je l'ai lu. Ma grand-mère sourit. Elle me pince l'épaule.

Le soleil ne se voit pratiquement pas sur le plancher sombre de la bibliothèque. Le bois avale sa lumière et recrache sa chaleur. J'ai observé longtemps la photo d'Edison dans l'encyclopédie, et puis j'ai tourné les pages et j'ai lu un article qui s'intitulait « Enfant naturel » et qui se trouvait juste avant celui sur « Enfer et paradis ». Cela parlait de moi, d'une certaine manière. Mais aucun des mots de l'article ne veut plus rien dire ici dans l'étang.

Ma grand-mère pose une casserole à refroidir sur le muret dans le prolongement de la cuisine. Elle ne me voit pas ou elle ne me regarde pas, son visage ne montre rien, une tache blanche sans traits, elle fait demi-tour et elle disparaît. Peut-être du riz au lait. Ou du riz pour les chiens, avec des abats et quelques rondelles de carottes qu'ils s'arrangeront pour ne pas manger. D'ici, je ne reconnais pas la casserole. Celle des chiens est abîmée, une des poignées est cassée.

Je me tiens d'une main à la barque et je me laisse flotter. Je vacille comme une algue. Dans les encyclopédies, il n'y a pas beaucoup d'images. Il faut deviner les choses à travers les phrases. Deviner les branchies humides de l'anguille, la couleur de son ventre et de ses yeux. À quoi ressemble un enfant naturel. Je lâche la barque et je me mets à nager. Des cercles lents autour de l'île minuscule. Je me demande si l'anguille me voit. Mes jambes et mes bras qui paraissent blancs dans l'eau et mon maillot rouge.

Avec l'école, on va à la piscine. Chaque jeudi. On doit nager une longueur et puis on sort de l'eau, on retourne au point de départ, sans courir – *Niet lopen !* –, on fait des petits pas pressés sur la pointe des pieds, on attend son tour en tremblant de froid les lèvres bleues et les jambes marbrées, nos bras serrés contre notre poitrine, et on ne peut pas empêcher nos corps de se toucher, de se cogner, on est trop proches les uns des autres et tout d'un coup on se trouve de nouveau au bord du bassin, on plonge et on recommence. Pendant une heure. L'eau de la piscine pue, elle pique les yeux, elle a mauvais goût. C'est de l'eau morte. De l'eau tuée. Quand c'est fini, on passe dix secondes sous une douche et puis on doit se rhabiller à toute vitesse, monter dans le car et retourner à l'école. Toute la journée ma peau sent comme si quelque chose avait brûlé dessus, c'est l'odeur de l'eau tuée.

La lumière a changé. Je ne sais pas depuis combien de temps je suis dans l'eau. Je nage mieux dans l'étang qu'à la piscine. Je n'ai pas peur que l'eau entre dans ma bouche, dans mes yeux. Je peux m'installer dans la nage, comme dans un fauteuil, je nage mais c'est comme si je restais immobile. J'ai cessé de tourner autour de l'île et j'ai nagé sans m'arrêter, d'un bout à l'autre de l'étang.

J'ai oublié d'amarrer la barque, elle est toujours attachée à l'île. Je pourrais la laisser là, ma grand-mère ne s'en rendrait même pas compte. Ça lui est égal de savoir où est la barque. Et mon grand-père ne va pas se lever au milieu de la nuit, vérifier par la fenêtre si la barque est bien à sa place et traverser la moitié de la maison pour venir me réveiller, me secouer, lever la main, la laisser comme ça tendue dans les airs pour m'expliquer sans mots ce qui m'attend si je ne me dépêche pas de lui obéir. Mon grand-père ne peut plus rien mais il y a quelque chose qui me pousse quand même à faire demi-tour, une force bizarre qui m'entraîne à nager vers la barque, à la tirer derrière moi et à l'amarrer au bon endroit. Peut-être que c'est la même force qui guide l'anguille dans son voyage, peut-être qu'elle se sent obligée de rejoindre son grand-père dans la mer des Sargasses.

Sang

La pluie est arrivée pendant la nuit. Je m'habille et je descends, sans prendre la peine de me brosser les cheveux. La cuisine est pleine de femmes et de chiens. Les chiens sont couchés dans leurs paniers, ils jouent à être sages ; les femmes ont toutes des tasses de café dans les mains, même celle que je n'ai jamais vue, qui porte un pull mal tricoté et qui est assise à côté d'Inge, dos à la fenêtre. Ses doigts dépassent à peine de ses manches et s'agrippent à la tasse comme des petits crochets.

Inge est en train de lui parler, elle insiste avec des gestes mais la femme au pull défait n'a pas l'air de l'écouter. Elle observe la cuisine, son regard s'attarde sur chaque détail, comme si elle devait décider si oui ou non elle allait venir s'installer avec nous. Parfois elle acquiesce et je ne sais pas si ça s'adresse à Inge ou si elle approuve ce qu'elle voit, les placards en bois peints en blanc, la vieille pompe à eau, le tic-tac de l'horloge en plastique ou le seau rouge dans lequel on met les épluchures de fruits et de légumes pour les poules. Elle a remarqué les pots de confiture alignés sur la poutre en saillie et j'ai l'impression qu'elle essaie de lire les étiquettes.

Inge fait un geste dans ma direction, puis elle me présente la femme au pull défait.

– C'est Lieve, la nouvelle infirmière. Elle viendra quand moi je ne peux pas venir.

La nouvelle infirmière se tourne vers moi. J'ai l'impression que moi aussi je porte une étiquette qu'elle doit déchiffrer.

– Ça te plaît, la campagne ?

Je ne comprends pas la question. Je regarde par la fenêtre, la pluie est si dense qu'on ne la voit pas, on ne distingue pas les gouttes. La pluie est un voile opaque, une fumée grise qui enveloppe tout, les arbres, la pelouse, le ciel.

La nouvelle infirmière croit que je ne vis pas ici.

Elle insiste.

– Les vacances à la campagne, ça te plaît ?

Je l'imagine en train de demander ça à un des sapins qui bordent l'allée, ou à l'étang, à un canard.

Je souris à la nouvelle infirmière, parce que c'est la seule chose à faire, il n'y a pas de réponse à sa question mais ma grand-mère m'a appris à être polie. Je lui souris et puis je passe à travers elle et je regarde à nouveau la pluie invisible. Je pense aux gouttes qui crèvent la surface de l'étang, qui font des petits trous et rebondissent et on ne sait plus si la pluie tombe du ciel ou si elle jaillit de l'étang, dans quel sens l'eau circule. Il pleut trop fort, trop sérieusement pour que ça s'arrête. Je suppose que Dirk ne viendra pas aujourd'hui, pour ne pas abîmer le terrain. Je voudrais bien jardiner, être dehors avec lui, sortir de cette cuisine. Je n'ose pas demander à Magda s'il a prévu quelque chose. Il doit bien y avoir un travail qu'on peut faire au jardin malgré la pluie.

La cuisine est un peu moins la cuisine avec la nouvelle infirmière dedans qui promène son regard partout. J'aimerais qu'elle s'en aille. Qu'elle monte avec Inge voir mon grand-père, qu'elle fasse ce qu'elle a à faire, son travail d'infirmière. Elle a toujours les doigts qui dépassent à peine de son pull, accrochés à la tasse de café, elle n'a pas l'air prête de s'en détacher. Elle boit à toutes petites gorgées. Je m'étais habituée à Inge, à sa figure longue.

Je m'habitue aux choses et puis elles changent.

Je regarde les arbres par la fenêtre, l'allée, le massif de lupins. Inge pose la main sur l'épaule de Lieve. Je ne sais pas si elle s'est rendu compte que Lieve n'a rien écouté de ce qu'elle a dit. Elles se lèvent, Lieve très lentement, comme si sa longue jupe la retenait attachée au sol.

J'imagine que Dirk vient quand même. Et qu'à cause de la pluie, il a un accident. Il décide de s'occuper de la vigne et il sort la double échelle du garage mais elle glisse et il tombe le long de la façade, presque au ralenti, comme une sorte de poupée molle, il s'écrase au pied du mur, son sécateur ouvert sous lui. Ou alors, il coupe du bois et la tronçonneuse dérape sur une branche humide, rebondit sur sa cuisse. Jusqu'à l'os. Dirk a l'air étonné, mais il ne crie pas, on dirait qu'il n'a pas mal, il regarde son jeans déchiré et il pose la tronçonneuse sur le sol, comme si tout allait bien, puis il essaie de faire un pas et il perd l'équilibre. On est loin de la maison, à l'autre bout du verger ou bien même à l'autre bout des premières prairies, près de la rangée de peupliers – il y a sûrement des branches ou des arbres morts par là – et je suis la seule qui peut l'aider, le sauver. J'enlève mon sweat-shirt Adirondack, je le roule en boule et je l'enfonce dans la plaie, je pousse de tout mon avant-bras et de l'autre main je défais la boucle de sa ceinture, je tire dessus et la ceinture glisse autour de sa taille, ça fait un bruit sec, je l'enroule deux fois autour de sa cuisse et je la serre très fort par-dessus mon sweat-shirt. Dirk grogne. Je cours. La pluie me paraît plus forte sur mes bras nus, comme si je courais sous la douche, l'eau dévale sur moi et c'est presque aussi agréable que d'être dans l'étang, je glisse dans l'herbe, je parviens à me rattraper, je traverse la cour et j'ouvre la porte de la cuisine. Le sang mélangé à la pluie laisse des traces roses sur mon T-shirt, sur mes mains et sur mon pantalon, ma grand-mère se précipite vers moi et je fais non de la tête : C'est Dirk. Au moment où elle allait me prendre dans ses bras, ma grand-mère fait demi-tour, elle se précipite vers le téléphone pour appeler une ambulance. Je retourne auprès de Dirk, je traverse à nouveau la pluie, le jardin, le verger, les prairies et je m'agenouille près de lui. Son visage est tout pâle, bleuté, et ses lèvres sont serrées, même ses narines sont pincées, comme si une main invisible l'empêchait de prendre tout l'air dont il a besoin. Il murmure quelque chose mais il oublie de desserrer les lèvres et je ne comprends pas ce qu'il dit. Sous mes genoux je sens la flaque chaude du sang. Le garrot ne suffit pas. Je plonge mes mains dans l'amas de tissu et de chair, j'appuie de toutes mes forces pour empêcher Dirk de mourir, pour forcer la vie à rester à l'intérieur de lui. Mes doigts sont poisseux, son sang me fait une seconde peau gluante, et pour le ressusciter d'avance, je me mets à réciter des phrases du livre ; les mots sortent tout seuls de ma bouche et ils entrent dans celle de Dirk, ses lèvres s'entrouvrent et je vois les mots s'y glisser comme un petit filet d'oxygène, alléluia. Son sang continue de m'inonder et je finis par avoir l'impression de presser son cœur entre mes mains, je le sens battre contre mes paumes, lentement, chaque nouveau battement une mort et une résurrection que j'accompagne de mots du livre, chaque pulsation qui me demande de continuer, qui me dit qu'il vit encore, que je ne dois pas l'abandonner. Il pleut toujours mais ma peau me paraît brûlante. Il y a quelque chose de tiède, une large main ou un linge posé sur mon front.

Et puis ma voix disparaît, couverte par les sirènes, mais je sais qu'elle reste entendue. Les infirmiers sont à quelques mètres de nous. Je suis arc-boutée sur Dirk, le poids de mon corps contre sa plaie jusqu'à ce que d'autres mains prennent ma place et je recule.

Mon sweat-shirt Adirondack est foutu mais ça valait le coup de sauver la vie de Dirk.

L'étable

La grande étable est vide, le sol encore humide d'avoir été lavé après la traite. Ça sent le savon, le foin et le purin. J'attrape un peu de paille et j'en fais un petit tas sur lequel je m'assieds, dos au mur.

J'ai l'intention de rester ici suffisamment longtemps pour être certaine que la nouvelle infirmière soit partie quand je rentrerai. J'ai rempli mes poches de biscuits et je suis sortie de la cuisine sur la pointe des pieds, comme si je n'étais pas chez moi. J'ai traversé la pluie invisible et puis la cour de la ferme. Dans leur cage, les chiens sans nom n'ont pas aboyé, ils n'ont même pas levé la tête. Ils me connaissent, ce qui pour eux signifie : Tu n'existes pas.

Je crois qu'ils ne sortent jamais de leur cage. C'est peut-être pour ça qu'ils n'ont pas de nom, parce que personne n'a besoin de les appeler pour les faire revenir.

Il n'y a presque pas de bruit. La tige qui tourne dans la cuve pour refroidir le lait. Des mouches qui sans arrêt essaient de se poser sur mon visage. Je ne les chasse pas tout de suite, je laisse leurs minuscules pattes se promener sur ma peau. Si je me concentre, j'entends les voitures sur la chaussée, au loin. Je sors les biscuits de mes poches et je les coupe en petits morceaux, pour les faire durer. Je pose un morceau de biscuit sur ma langue et j'attends, je le laisse devenir tout mou avant de l'avaler.

Derrière moi, de l'autre côté du mur, il y a les veaux. J'irai peut-être les voir, plus tard. Je tendrai la main et j'en laisserai un me téter les doigts, je caresserai l'épi de poils sur son front, les petites bosses qui deviendront les cornes. Parfois je passe par-dessus la barrière et je m'installe avec eux. Leurs yeux sont grands ouverts et tremblent. Ils ne sont pas encore habitués à être nés. On dirait que ce sont toujours les mêmes, mais ce n'est pas vrai. Après quelques mois, les mâles sont envoyés à l'abattoir pour être mangés et les femelles rejoignent la stalle des génisses pour devenir des vaches. Ils sont remplacés par d'autres et c'est comme si rien ne changeait. Il y a toujours des veaux. Des génisses, des vaches et un taureau. Des cochons, des poules. Même la lumière ne change pas, je ne sais pas si c'est à cause des murs blancs ou des vitres sales ou les deux, mais la lumière dans l'étable est la même qu'il pleuve ou pas, que ce soit le matin ou le soir.

Je préfère quand les vaches sont là. Quand elles secouent leurs têtes et font résonner les barrières métalliques, appuient avec leur museau pour faire couler de l'eau dans les abreuvoirs, se répondent en meuglant doucement, sans ouvrir la bouche. On dirait qu'elles sont toujours d'accord les unes avec les autres.

À force de laisser fondre les biscuits, ma salive devient épaisse et ma bouche est toute sèche, comme si j'avais mangé de la poussière.

Quand les vaches sont là, leurs bruits tous ensemble deviennent quelque chose de plus agréable que le silence, quelque chose de confortable qui donne envie de rester. Je leur parle et elles me regardent avec curiosité, je passe la main sous leur museau et je sens leur souffle chaud sur ma paume.

Je pourrais aller prendre un peu de lait dans la cuve. Ou de l'eau au robinet qui se trouve juste à côté. Je pense à la sensation agréable que ce serait, boire à grandes gorgées, rincer le pâteux dans ma bouche, rafraîchir ma gorge, mais je ne me lève pas. Je ne sais pas si je suis là depuis cinq minutes ou une heure. Je ne sais pas combien de temps j'ai attendu avant de sortir les biscuits. Je ne sais pas si la nouvelle infirmière est déjà partie depuis longtemps, si elle boit un café dans une autre cuisine, avec ses doigts crochus qui ne lâchent pas une tasse différente des nôtres, ou si elle est toujours là, dans la chambre de mon grand-père, à observer les meubles et les gravures accrochées aux murs. À regarder l'étang et les champs par la fenêtre. Je ne parviens pas à l'imaginer en train de faire des trucs d'infirmière. Tout d'un coup je me sens très fatiguée, comme si on était déjà le soir.

Je ferme les yeux et je reste là, à ruminer mes biscuits.

Cauchemar

Le cauchemar est toujours le même. Je ne les vois pas mais je les entends, et je sais que c'est moi qu'ils cherchent. Ils crient. Je sors de ma chambre, je cours très vite et sans bruit le long du couloir qui mène à la chambre de mes grands-parents. Ils montent l'escalier, leurs pas lourds font craquer les marches, je passe comme une ombre sur le palier, juste avant qu'ils n'y parviennent. Je traverse la chambre de mes grands-parents – je ne sais pas s'ils sont endormis ou morts, ou s'ils ne sont simplement pas là, absents de mon rêve – je passe par le bureau-chapelle de mon grand-père, je descends l'escalier qui mène à la bibliothèque. Ils sont derrière moi, une porte qui claque, un cri, un grognement, toujours avec un temps de retard, toujours sur mes talons. Je sors de la bibliothèque mais au lieu de me diriger à gauche vers le salon je prends à droite, je tourne la clé de la porte qui donne sur le jardin clos, le jardin du curé, et je referme à double tour derrière moi. Parfois je laisse la clé dans la serrure, parfois je la prends et la tiens serrée dans mon poing. Je sens les brins d'herbe humides sous mes pieds nus, je traverse le petit jardin et je grimpe sur le muret qui donne sur l'étang. L'eau est là, sous moi, quelques mètres plus bas. Ils crient. Ils essaient d'ouvrir la porte et abandonnent. Ils ne m'ont pas vue, ils croient que je me suis enfuie par le salon. Ils reviendront, ils défonceront la porte, mais trop tard. J'aurai déjà sauté, j'aurai fendu l'eau à l'endroit exact où la baleine est apparue.

C'est à ce moment-là que je me réveille, au moment où je m'apprête à sauter dans l'eau qui me sauve. Je n'ose pas bouger. Je sais bien qu'il s'agit d'un mauvais rêve, mais ça ne change rien. Il n'y a que le soleil, la lumière du jour, qui puisse vraiment faire s'évanouir les cauchemars.

La seule chose à faire, au milieu de la nuit, c'est d'y retourner, d'aller au bout de mon évasion. Je ferme les yeux. Je reprends le cauchemar où je l'ai laissé, je saute, je m'échappe par là où la baleine est venue. Je nage sous l'eau, je retiens ma respiration jusqu'à ce que je sente la berge sous mes doigts et je sors la tête prudemment, mes poumons brûlent, j'inspire l'air humide comme si je le buvais. Je grimpe sur le talus en rampant, je reste dans l'ombre, sous les saules, là où la nuit est la plus noire. Je glisse sous le fil barbelé et je me retrouve dans la prairie. L'herbe est parfois tiède, parfois un peu givrée. Je dois continuer à ramper, parce qu'avec la lumière de la lune, les méchants pourraient apercevoir ma silhouette de loin. Parfois je m'enfuis en pataugeant dans le lit du ruisseau, parfois je traverse toute la prairie en rampant. Je grelotte mais pas trop. Je traverse des pâtures, des champs, des chemins. Je me réfugie dans un champ de maïs, dans un bosquet, dans un fossé. Je m'allonge sur le sol. Je respire calmement. Ils ne m'auront pas. Je suis invisible, en sécurité, mon dos collé contre la terre tiède. Le ciel au-dessus de moi est un trou, du vide à l'infini ; l'obscurité rend le ciel parfaitement transparent et je n'ai plus peur. Je ferme les yeux. Quand je les ouvre, l'espace a disparu, le ciel est de nouveau le ciel et plus il s'éclaircit plus il devient opaque, bleu foncé avec une sorte de vapeur laiteuse qui s'enroule au ras des champs. Les méchants se sont évanouis, ils n'ont jamais existé et je suis toujours invisible, toujours en sécurité et parfois je serre la clé du jardin du curé contre ma paume et parfois mes mains sont vides alors je gratte la terre du bout des doigts jusqu'à ce que je trouve un caillou rond et je pense aux étoiles.

Chasseurs

J'entends ma grand-mère qui m'appelle, sa voix qui n'est pas faite pour crier. Avant, quand elle ne voulait pas se fatiguer, elle utilisait la grosse cloche de vache qui est posée sur un appui de fenêtre dans le hall, mais depuis que mon grand-père est revenu de l'hôpital, la cloche ne sonne plus. Il pleut toujours autant, et pourtant quand je descends Dirk est là, appuyé contre le radiateur, une tasse de café en main. Son jeans est tout propre et je suis presque étonnée qu'il ne soit pas déchiqueté, couvert de sang.

Baron s'est échappé. Ma grand-mère a laissé sortir les chiens hier soir, comme tous les soirs. Qu'elle soit visible ou invisible, les chiens s'en foutent de la pluie. Une fois à l'abri, ils se secouent un bon coup et voilà. Tempête et Roc sont revenus seuls et ma grand-mère n'a pas essayé d'appeler Baron, elle s'est contentée de soupirer et de hausser les épaules. La grille était fermée, il a donc trouvé une faille dans la clôture, une fois de plus.

Je souris. Je pense que Baron est plus fort que moi, qu'il a réussi à faire venir Dirk malgré la pluie. Au moins cette fois mon grand-père n'est pas obligé d'être au courant de sa fugue. Il n'est pas obligé d'être furieux contre moi au lieu d'être furieux contre son chien et contre les chasseurs qui menacent de le tuer et je ne suis pas obligée de porter ses outils en faisant bien attention à ne pas trébucher et en gardant toutes mes pensées à l'intérieur.

Dirk n'a jamais l'air en colère sur rien. Il sait qu'il va devoir réparer une clôture sous la pluie à cause d'un stupide chien mais il sourit et de le remarquer me donne mal au ventre et à la poitrine. Je me sens bizarre et je me demande si tout le sang qui a coulé dans mon imagination n'a pas laissé des traces sur moi. Je regarde mes mains, elles sont lisses et sèches. Je les frotte malgré tout sur mes cuisses.

Ma grand-mère me parle.

– Toi, tu vas chercher Baron.

Je suis comme les chiens, je m'en fous de la pluie. Roc et Tempête m'accompagnent et je marche en plein milieu des chemins boueux, mon imperméable ouvert et la pluie qui ruisselle sur ma tête nue, mes drôles de cheveux pas comme les autres qui se plaquent contre mes joues et ma nuque. Je sais ce qui va se passer. Je vais apercevoir Baron, de loin. Il va faire semblant de fouiller la terre, il va tourner en rond, la truffe au sol, comme s'il était sur la piste de quelque chose et dès que je vais m'approcher il s'enfuira et il sera tellement content de lui que même en courant il battra de la queue. Il va répéter ce petit jeu plusieurs fois et je ne serai jamais rentrée à temps pour aider Dirk. Je sais bien qu'il ne va pas se blesser en réparant une clôture, en tout cas pas sérieusement. Ça n'a pas beaucoup d'importance si je ne suis pas auprès de lui. De toute manière, je ne suis plus certaine de vouloir lui sauver la vie. J'ai l'impression que j'ai besoin de tout l'oxygène, de toutes les phrases du livre rien que pour moi. J'ai toujours mal au ventre et à la poitrine ; je me penche en arrière, je laisse la pluie couler sur mon visage, dans mon cou. Je voudrais être trempée.

***

Cette terre n'est pas faite pour la chasse. Peut-être qu'il y avait plus d'arbres avant, sans doute même des forêts, mais c'était il y a tellement longtemps que personne ne s'en souvient. Le gibier non plus. Ça ne veut pas dire qu'il n'y a pas de chasseurs, mais simplement qu'ils n'ont pas grand-chose à tuer. Des faisans, en saison. On n'en voit pas un seul au printemps ou en été et d'un seul coup, à l'automne, ils sont là, comme s'ils tombaient du ciel, plus gras que des poules et aussi immobiles que des cibles. Et puis, il y a les lapins, qu'on peut chasser toute l'année, parce qu'il y en a trop, malgré la maladie qu'on leur a donnée. La maladie les rend aveugles. Ils n'osent plus bouger, ils restent pétrifiés et ils tremblent, on dirait qu'ils ont de la fièvre. Peut-être qu'ils ont de la fièvre. Quand les chiens trouvent un lapin malade, ils se mettent à lui tourner autour en aboyant, comme si le lapin n'était pas aveugle mais sourd et qu'il suffirait de lui hurler un bon coup dessus pour qu'il entende enfin et qu'il détale ; c'est ça qu'ils veulent, les chiens, que le lapin détale pour pouvoir l'attraper. Un lapin qui ne bouge pas, qui tremblote sur place, ça ne les intéresse pas et ils finissent par s'en aller, parfois ils grattent le sol de leurs pattes arrière en partant, pour faire mine de l'enterrer, comme un déchet. Un jour j'ai vu Baron lever la patte et faire pipi sur un lapin malade.

Les chasseurs disent qu'ils vont abattre Baron parce qu'il fait fuir le gibier. Mais c'est juste un prétexte. Ce qu'ils veulent, pour une fois, c'est une vraie proie, tuer autre chose qu'une grosse poule ou un lapin malade qui tremble.

Je ne vois pas Baron, pas de silhouette noire qui tourne à l'horizon. Ce qui s'accroche à moi est toujours là et je ne sais pas si c'est un morceau de cauchemar ou si j'ai mangé quelque chose que je ne digère pas. Normalement, les cauchemars disparaissent avec le jour, mais parfois il en reste une trace, comme une ombre ou un mauvais goût. Comme un doute. J'ai envie de vomir. Je m'accroupis au bord d'une flaque boueuse. Je retiens mes cheveux vers l'arrière, au cas où. Ça ne vient pas. Je me sens comme si j'avais fumé trop de cigarettes aux plantes. La langue engourdie, un poids au milieu de la poitrine. Je lâche mes cheveux et des mèches humides me tombent sur les yeux. Peut-être qu'une autre que moi, une qui aurait eu les mêmes cheveux que sa mère aurait espéré qu'elle allait venir la rechercher. Au moins au début, quand elle était vraiment petite. Quand la mère rendait encore parfois visite. Elle serait montée sur une chaise qu'elle aurait tirée jusqu'à la fenêtre et elle aurait appuyé son visage contre la vitre, le froid du dehors comme un glaçon sur sa bouche qui aurait fini par geler ses lèvres tandis qu'elle se serait brûlé les genoux contre le radiateur – la douleur du froid et du chaud aurait été presque la même mais elle n'y aurait pas prêté attention – et elle aurait attendu et attendu en espérant apercevoir la voiture rouge en train de remonter l'allée. À chaque visite de la mère, elle se serait blottie contre elle en espérant se faire oublier, en espérant s'enfoncer si loin dans son corps qu'elle aurait fini par en faire partie. Elle se serait agrippée de toutes ses forces quand on aurait essayé de la détacher, ses doigts passant à travers les mailles du pull, elle n'aurait relâché son étreinte que lorsqu'elle aurait aperçu le visage de sa mère, les yeux levés au ciel et l'expression d'ennui, de dégoût presque, alors cette petite-là serait devenue muette, ses mains auraient lâché prise et ses doigts seraient restés tout raides et inutiles comme des pattes d'oiseaux morts. Peut-être. Mais pas moi.

Je me souviens seulement qu'il m'arrivait d'avoir peur. Peur qu'elle ne change d'avis, qu'elle ne revienne et me force à repartir avec elle, qu'elle m'arrache à l'étang, à l'herbe et à la ferme, au vent. Je ne bougeais pas, je ne respirais plus, je restais exactement là où j'étais en imaginant que j'étais une statue, un objet, quelque chose que personne ne songerait à déplacer.

Quand même, je croyais qu'elle allait venir. Pas pour moi, mais pour lui, mon grand-père. Il devrait déjà être mort depuis longtemps, il a passé des semaines à guérir avant de mourir, si elle n'est pas venue maintenant, c'est qu'elle ne viendra plus. Quand il est rentré de l'hôpital, ils sont tous passés lui rendre visite, mes tantes et leurs maris, les cousins débiles, mon oncle que je déteste, qui parle comme s'il gémissait et qui me donne mal au ventre quand il pose la main sur mon épaule. Des amis de mon grand-père que je n'avais jamais vus, je ne savais même pas qu'il avait des amis. Une dame brune avec de longs doigts très fins. Les sœurs de ma grand-mère qui ont la même voix qu'elle et qui ébouriffent mes cheveux, puis qui pincent mes joues avec un grand sourire, je suis une enfant de leur famille.

Plus personne ne vient le voir depuis des semaines. Elle ne viendra pas.

Je dessine du bout des doigts dans la boue gluante puis je pose mes mains à plat et je pousse jusqu'à les ensevelir.

Peut-être que c'est encore mieux comme ça.

Tempête s'approche. Elle se frotte toute mouillée contre moi, j'en profite pour essuyer mes mains dans sa fourrure. Elle pose une patte sur mon épaule, manque de me déséquilibrer – elle pèse bien plus lourd que moi – et je me redresse d'un bond. Mes ongles sont noirs. Plus loin sur le chemin, Roc attend, immobile, une patte relevée. On dirait qu'il est à l'affût. Mais c'est moi qu'il regarde. Les chiens se comportent bizarrement quand Baron n'est pas là. On dirait des lapins aveugles. Je trouve une flaque d'eau presque pure et je m'accroupis à nouveau pour rincer mes mains.

Je pense à la carabine de mon grand-père. Je n'ai envie de tirer sur rien ni personne, je voudrais juste en sentir le poids dans ma main. D'habitude je ne pense pas à la carabine. Je ne sais même pas où elle est rangée. La dernière fois que je l'ai vue, c'est quand mon grand-père a tué la baleine. Je devrais peut-être apprendre à m'en servir. En plus de savoir allumer un feu. Je marche en imaginant le poids de l'arme, le bois de la crosse tout lisse contre ma paume, le canon qui serait glacé même en été. Je pourrais achever les lapins malades. Ce serait la meilleure chose à faire, les achever.

Je n'ai pas vu arriver Baron. Tempête pousse un jappement et je me retourne, il est juste derrière nous, comme si c'était lui qui était venu nous chercher. J'approche ma main lentement, je pense qu'il va s'enfuir mais au contraire il se précipite dans mes jambes, se frotte contre moi et quand l'odeur entre dans mon nez, dans ma bouche, il est déjà trop tard. Il s'est roulé dans une charogne. J'essaie de respirer le moins possible.

***

J'ai les mains vides, pas de groseilles, rien. La pluie s'accroche aux vitres et les gouttes paraissent transparentes et noires à la fois, la lumière serait la même si l'été était fini. Ça se pourrait que l'été soit fini, qu'il pleuve jusqu'à la rentrée des classes, que je ne puisse plus porter mon maillot rouge avant l'année prochaine.

Mon grand-père lève l'index de sa main gauche, en direction de la cour.

– J'ai entendu Baron…

Il ferme les yeux un instant, comme s'il devait se reposer d'avoir levé l'index. Il est tellement maigre que j'ai l'impression de voir ses dents se serrer à travers ses joues.

– Il s'est roulé dans une charogne.

La peau de mon grand-père s'étire encore un peu plus, il sourit, et ses lèvres ont l'air d'être translucides. Alors je lui raconte. Comment j'ai attaché Baron à l'anneau en métal dans la cour. Comment je l'ai arrosé et savonné et rincé. Je ne lui dis pas que j'ai aussi arrosé Tempête et Roc qui assistaient au spectacle, pour faire bonne mesure. Je ne lui dis pas non plus que Baron s'est avancé comme pour me mordre la main, que je m'attendais déjà à la pression de ses canines sur mon poignet mais qu'à la place il m'a léché les doigts et que j'ai été obligée de le chasser pour qu'il arrête. Je ne lui dis pas, je ne lui raconte que les choses sans importance, je ne sais pas comment faire pour les autres.

Mon grand-père m'écoute, je ne sais pas s'il acquiesce à ce que je dis ou s'il tremble. Il commence à ressembler à un lapin malade et ça me fait penser à la carabine.

À quoi rêvent les chiens

Ma grand-mère a posé la grosse boîte en plastique remplie de farine sur la table. Le beurre. Des œufs. Deux raviers de fraises qu'elle a rapportés du marché. Son livre de cuisine ouvert, avec les recettes qu'elle a recopiées elle-même, de son écriture étrange, faite de lignes droites plutôt que de courbes. Ma grand-mère coupe le beurre en petits morceaux, elle le mélange avec la farine et je sais qu'elle n'a pas besoin de lire la recette pour faire ça. Elle n'en aura pas besoin non plus pour faire chauffer le lait et la vanille, pour préparer la crème. Le livre l'accompagne dans la cuisine, c'est tout. Comme l'autre livre l'accompagne à la messe.

Ses mains sont rouges, surtout celle de gauche, celle qui a souffert du froid quand elle a perdu son gant en promenade. Elle a enlevé sa montre et je vois la trace laissée par le bracelet sur son poignet, un sillon bleuté.

Je rince les fraises et je commence à les équeuter. L'ombre de la fenêtre quadrille la table, le soleil est déjà plus bas qu'il y a quelques semaines. Le temps paraît immobile mais il s'écoule quand même. Ma grand-mère pétrit la pâte. Elle l'étale sur le moule, elle la recouvre de papier d'aluminium puis de pois cassés. Je mange quelques fraises pendant qu'elle enfourne le fond de tarte.

Je n'ai plus mal au ventre. J'ai l'impression que tout est à sa place. Ce n'est pas le jour de Dirk, Magda et Lieve sont déjà rentrées chez elle, Inge passera plus tard dans l'après-midi. Les chiens sont dans leurs paniers, le livre de cuisine est sur la table, et mon grand-père est dans son lit, rangé comme dans un tiroir. Sur son plateau, ce soir, ma grand-mère posera un morceau de tarte mais il n'y touchera pas. Il n'a pas mangé depuis deux jours. Inge lui donne à boire à la cuillère, elle essuie l'eau qui coule sur son menton avec un linge blanc. Je suppose que Lieve fait la même chose, mais j'ai du mal à l'imaginer.

La nourriture que mon grand-père ne mange pas, ma grand-mère la donne aux chiens, pour ne pas la gaspiller.

L'odeur du lait chaud et de la vanille emplit la cuisine. Je coupe les fraises en deux. Je m'applique, je coupe chaque fraise bien en son milieu. Ma grand-mère verse la crème dans un plat en verre pour qu'elle refroidisse plus vite, elle me tend la casserole et j'en racle les bords avec la cuillère en bois avant de la lécher. Je lave la casserole, le goût du bois me reste en bouche. Il faut attendre que le fond de tarte et la crème refroidissent. Ma grand-mère et moi faisons tout très lentement. Ranger les ustensiles. Boire un verre de lait. Ma grand-mère nettoie la cuisinière, puis l'évier, elle frotte doucement l'inox qui a déjà l'air bien propre. Je me rassois à la table de la cuisine. Le soleil chauffe mon dos à travers les vitres. Je regarde mes mains. Elles ne sont ni rouges ni gonflées. J'espère ne jamais perdre un gant en promenade. Si cela m'arrivait, je pourrais rentrer mon bras à l'intérieur de mon manteau et glisser ma main sous mon pull. Je me demande si ma grand-mère y a pensé.

Tempête bouge dans son sommeil, elle se retourne dans son panier et ses énormes pattes gigotent dans le vide. Elle pousse un jappement qui paraît beaucoup trop petit pour son corps. Je ne sais pas à quoi rêvent les chiens.

Ma grand-mère pose le fond de tarte garni de crème sur la table, entre nous. Nous disposons les fraises, parfaitement, en un premier cercle, puis un second plus petit, un troisième, un quatrième, et au milieu, une fraise entière. Une fraise que j'ai mise de côté pour ça, une ni trop grande ni trop petite, une fraise moyenne qui ressemble exactement à ce qu'on imaginerait être une fraise, si on devait en dessiner une. La tarte est finie. Ma grand-mère referme son livre. Elle prend sa montre et la remet à son poignet, sur le sillon bleu.

Mon grand-père n'est pas encore mort, mais en regardant la tarte j'ai l'impression qu'on vient de l'enterrer. Juste ma grand-mère et moi, à nous deux, dans la cuisine.

La mort prend son temps

La mort prend son temps. La machine respire, à son rythme mécanique, et à l'autre bout du tuyau, mon grand-père est toujours vivant.

Je ne suis pas assise sur son lit mais sur un petit fauteuil en velours bleu qui est là pour ça, pour rester auprès de lui. C'est ma grand-mère qui a installé le petit fauteuil en velours bleu, avec l'aide de Magda. Il suffirait que j'allonge un peu le bras et je pourrais toucher la main de mon grand-père, mais je ne le ferai pas. Il dort, ou en tout cas on dirait qu'il dort. D'une manière bizarre, les bras rangés le long du corps, sans bouger. Il n'ouvre plus les yeux, il ne se réveille pas, mais il est toujours vivant. Ma grand-mère voudrait être près de lui quand il mourra, assise dans le petit fauteuil. Mais elle est bien obligée de le laisser pour se laver, cuisiner. Aller à la messe. J'imagine que Dieu aurait compris si elle n'avait pas été à la messe aujourd'hui. Ou peut-être que toutes les autres fois, ce n'était pas si important que ça d'y aller et que c'est justement aujourd'hui que c'est nécessaire de passer du temps dans la maison de Dieu. Je ne sais pas. Je ne sais pas très bien comment ça fonctionne. Ça me fait penser au livre mais je ne peux pas penser au livre, assise sur le fauteuil bleu à côté de mon grand-père en train de mourir. Il ne bouge absolument pas. Je me penche un peu pour regarder ses paupières, elles sont parfaitement immobiles, un peu jaunes, lisses ; on dirait qu'elles ont fondu, qu'elles sont collées à ses yeux, comme de la cire, tiède et molle. Je pourrais y enfoncer mes pouces et mes empreintes digitales y resteraient gravées.

Je me lève, sans faire de bruit. J'imagine que mon grand-père n'entend plus, que quelque chose a dû fondre dans ses oreilles aussi, mais on ne sait jamais. Je m'approche de la fenêtre. Cela me fait une impression étrange, comme si je voyais les choses par ses yeux. L'étang paraît plus petit. Une cane passe sur l'eau, suivie de trois canetons. Ils ne sont plus si jeunes que ça, ils sont suffisamment gros pour survivre aux rats. Je me demande à quoi ressemble l'étang depuis le bureau de mon grand-père. Je n'y suis pas allée souvent. Uniquement quand il m'y appelait. Je me tenais debout, sans savoir quoi faire de mes bras, et lui restait derrière son bureau, à m'expliquer des choses importantes que j'oubliais tout de suite. Je pourrais traverser la chambre et ouvrir la porte, avancer vers le bureau et puis me glisser derrière, ouvrir la fenêtre depuis laquelle mon grand-père a levé sa carabine et tiré sur la baleine. Cet espace dans l'étang presque toujours à l'ombre, où l'eau est la plus froide, où les poissons mordent le mieux. Cet espace par lequel je m'échappe dans mes cauchemars.

J'ai entendu à la radio qu'il y a aura des éclaircies, cet après-midi, que le soleil va revenir. Même sous la pluie, la lumière ne quitte jamais les champs. Ni les chemins. Une lumière qui vient de l'herbe, des feuilles, de l'intérieur des plantes et des arbres. Mais l'étang, lui, absorbe la lumière.

Je me rassois dans le fauteuil bleu et je me penche en avant, tout près des jambes de mon grand-père. La dernière fois que je me suis assise sur son lit, il y a deux jours, j'ai tressé toutes les franges de sa couverture et j'ai oublié de les défaire. Je pensais que je m'en occuperais le jour d'après. Puis il a cessé d'ouvrir les yeux, ses paupières ont fondu et le petit fauteuil bleu est apparu. Je ne me souviens pas où se trouvait ce fauteuil avant. Je ferme les yeux et je visualise chaque chambre, chaque pièce de la maison, l'une après l'autre. Mais nulle part je ne me souviens d'avoir vu ce fauteuil. Je me demande s'il était rangé hors de vue, dans le grenier ou dans un placard, caché, attendant d'être sorti pour cette occasion. Peut-être que ma grand-mère a déjà fait ça avant. Avec sa mère ou avec son père. Peut-être que ce fauteuil passe de génération en génération pour s'asseoir près de quelqu'un qui va mourir. Je touche le velours bleu. Je le lisse avec la paume de ma main, dans un sens puis dans l'autre. J'écris mon prénom sur le dossier puis je l'efface.

Je me lève et je m'assieds sur le lit. J'entendrai la voiture de ma grand-mère de loin et j'aurai tout le temps de retrouver ma place dans le fauteuil. Je défais les tresses, l'une après l'autre. Je déteste cette couverture. Quand il sera mort, on ferait aussi bien de la brûler. Ça fait des semaines qu'elle est là, sur lui, sur sa maladie, sans jamais lui tenir chaud, je ne vois pas comment on pourrait la laver et la ranger, bien pliée dans une armoire, pour la prochaine fois où quelqu'un aurait besoin de se réchauffer sans y parvenir. Autant la brûler. Et aussi ce ridicule fauteuil bleu et celui dans lequel il s'assied pour regarder la télévision. Brûler son lit, son bureau et son siège, et sa chaise à la table de la cuisine. Cette stupide machine qui respire à sa place. Tout brûler, sauf les encyclopédies dont j'ai encore besoin pour connaître le monde et les livres qu'un jour je comprendrai. Allumer un grand feu, dans la cour, comme le jour où on a trouvé ma souris Alaska. Tout d'un coup je me sens furieuse. Il aurait dû m'apprendre à faire du feu, je l'aurais allumé moi-même ce brasier, et il aurait aussi bien fait de m'apprendre à utiliser sa carabine, je serais restée là, à côté des flammes, la carabine en main. Si quelqu'un avait voulu s'approcher, éteindre le feu, je l'aurais empêché. J'aurais monté la garde jusqu'à ce que tout ait fini de se consumer, qu'il ne reste plus qu'un tas de cendres.

Je ne sais pas ce qui se passera, quand mon grand-père sera dans son cercueil. Je ne sais pas ce que son absence changera. Peut-être que ce sera comme quand un arbre tombe, après une tempête. Au début ça fait comme un trou dans le paysage et puis on s'habitue. On oublie que la vue était différente avant. Mais en tout cas, je n'éprouverai pas de dégoût. Ce sera plus facile qu'avec ma souris Alaska, je n'éprouverai pas de dégoût parce que je n'ai aucun espoir.

Les franges de la couverture sont toutes détressées. Je les ai bien aplaties de la main. Je reprends ma place dans le fauteuil bleu. Ma grand-mère m'a demandé de changer de T-shirt, ce matin. Mon grand-père n'ouvrira plus les yeux alors je suppose que c'est pour la mort que j'ai mis mon T-shirt tout propre, mon T-shirt blanc d'école. Je continue à penser à ce grand brasier, j'imagine mon grand-père au milieu des flammes, emballé dans sa couverture à franges.

Si une anguille peut nager depuis la mer des Sargasses jusque dans l'étang, il est tout à fait possible que j'aille de l'étang jusqu'en Alaska. Je le sais maintenant. Je m'achèterai des Damart et une veste bien chaude qui ressemble à un sac de couchage. J'irai d'abord dans les endroits les moins froids, pour m'habituer. J'ai passé du temps à étudier les cartes, dans les encyclopédies. Ce n'est pas facile d'imaginer un paysage à partir d'une carte, de transformer les fines lignes qui se suivent en montagnes, volcans et grandes plaines. Dans la section consacrée à l'Alaska, il y a une photo en noir et blanc d'une forêt de conifères, une forêt tellement dense qu'on dirait le pelage d'un animal en gros plan. Il y a une autre photo, en couleur, d'un glacier. Le glacier est bleu. Je l'imagine parfois gris, parfois rose. Mais ce ne sont pas tellement les glaciers qui m'intéressent. Ce que je veux voir, ce sont les saumons qui remontent les rivières. Et peut-être les grizzlis, de loin. Il y a aussi de grandes étendues sur lesquelles rien n'est indiqué. Et c'est surtout là que je voudrais aller, dans les zones sans nom.

Les chiens aboient. Je distingue la voix basse de Tempête et les aboiements militaires de Baron, comme s'il donnait des ordres dans un film de guerre. La toux de Roc qui finit toujours dans une plainte, je l'imagine bien assis, la tête levée, envoyant des messages à la lune. Puis j'entends le grincement de la grille, la voiture de ma grand-mère qui remonte l'allée, les graviers sous ses pneus. Je vais attendre ici, assise sur le fauteuil bleu, jusqu'à ce que ma grand-mère monte dans la chambre. Peut-être qu'elle va d'abord se servir un verre d'eau à la cuisine, ou manger quelques biscuits. Peut-être qu'elle va me demander de lui apporter un plateau avec une tartine et un bol de soupe, comme hier. Pour elle. Lui, ce n'est plus la peine d'essayer, il ne mangera plus jamais. J'attends.

Baron

Quand les chasseurs abattront Baron, ils le laisseront là où il sera tombé, un champ nu, la terre noire et sèche, gelée, quelques betteraves oubliées. Il se sera enfui un matin, après mon départ pour l'école. Je proposerai d'aller le chercher à mon retour mais ma grand-mère me dira qu'il finira bien par rentrer, quand il aura faim. Ce soir-là, nous mangerons de la soupe au potiron. Et une omelette. Ma grand-mère me demandera ce que j'ai fait à l'école et je lui parlerai des équations, elle rira en me disant qu'elle n'y a jamais rien compris.

Le lendemain, Baron ne sera pas revenu. L'automne sera déjà fort avancé et je partirai à sa recherche en marchant à grandes enjambées, très vite j'aurai trop chaud et je transpirerai dans mes bottes en caoutchouc ; j'ouvrirai mon manteau et je ressentirai à la fois la chaleur de ma peau et le souffle glacé de l'air qui passera à travers les mailles de mon pull. L'air ne sentira presque rien, juste une odeur de froid et, très vaguement, le piquant des feux de bois. J'aurai découvert que ma grand-mère a toujours su allumer un feu, que ça arrive qu'une cheminée refoule quand elle est froide ou humide, et elle m'aura transmis sa connaissance.

Ce sont les oiseaux, des corneilles, qui m'indiqueront où se trouve Baron. Quand j'apercevrai sa masse noire, je penserai que je le savais déjà, que c'est pour cela que j'ai refusé d'emmener Roc et Tempête. Malgré leurs gémissements, leurs plaintes, bien que je les aie entendus gratter la porte derrière moi, j'aurai descendu l'allée sans changer d'avis.

Baron sera allongé sur le côté, son poil noir tout collant de sang. Je remarquerai qu'il a rampé de quelques pas, et sa gueule sera grande ouverte comme s'il cherchait de l'air, ou comme s'il cherchait à mordre une dernière fois. Ce ne sera plus un chien, juste un tas de poils, d'os, de chair, de sang, ce ne sera plus Baron. Posées un peu plus loin dans le champ, les corneilles m'observeront, avec de petits mouvements de la tête. J'aurai envie d'attraper une vieille betterave et de la leur lancer, de les chasser, mais je ne le ferai pas. Je lèverai les yeux vers le ciel et je me mettrai à courir, pour avoir le temps de revenir avant la nuit. L'air froid me brûlera les poumons.

Ma grand-mère me dira que ça peut attendre, qu'il fait déjà trop sombre. Je lui répondrai que j'ai école, le lendemain, que ça ne peut pas attendre, que les corneilles sont en train de le manger. Ce ne sera plus Baron mais je n'accepterai pas de le laisser là. Ma grand-mère me regardera puis elle regardera par la fenêtre et son visage deviendra plus lisse, plus fermé, comme à chaque fois qu'elle ne sait pas comment prendre une décision, comme si elle en voulait à quelqu'un de mettre ce genre de choix sur son chemin et qu'elle se transformait en pierre. Elle ne répondra pas, mais elle se dirigera vers le hall et elle reviendra avec son manteau, ses bottes fourrées et une lampe torche. Je prendrai la brouette et nous partirons ensemble, nous entendrons la plainte des chiens et puis nous n'entendrons plus rien, juste le bourdonnement de la route au loin et le vent qui glisse dans les arbres sans feuilles. Le soleil sera presque couché, nos souffles feront de la fumée devant nos visages, je regretterai de ne pas avoir pris de gants et j'essaierai de me protéger les mains en tirant sur les manches de mon pull. Je ne pourrai pas faire mieux sans lâcher les poignées de la brouette.

Je trouverai cela agréable de marcher avec ma grand-mère presque à la nuit. Nous apporterons la brouette tout près des poils et des pattes et de la gueule qui avant étaient Baron et ma grand-mère penchera la tête sur le côté. Je la verrai esquisser un petit signe de croix, rapide, comme elle le fait avant de manger, et je l'imiterai du bout de l'index. J'attraperai les pattes arrière de Baron et ma grand-mère ses pattes avant et ma grand-mère dira « à la une à la deux » et à la trois nous le soulèverons et nous le déposerons dans la benne.

Ce sera difficile de faire avancer la brouette sur le terrain inégal et de l'empêcher de se renverser. Ma grand-mère n'allumera pas la lampe torche et je me rendrai compte que je vois le chemin, que le ciel est complètement noir mais qu'une lumière semble venir de la terre elle-même, un scintillement argenté. J'oublierai que j'ai froid aux mains. Je me souviendrai de cet été, deux ans auparavant, lorsque j'avais eu envie de tenir la carabine de mon grand-père, d'éprouver son poids, et je prendrai conscience du poids de Baron qui tire dans mes bras, dans mes épaules, et de ma force qui retient la brouette et la fait avancer, de ma force qui résiste à l'engourdissement et je me sentirai aussi armée que si je tenais une carabine dans chaque main.

Ma grand-mère ne dira pas : C'était un bon chien. Elle ne dira pas : Il l'a bien cherché. Ni : C'était son préféré. Elle ne dira rien et moi non plus.

Ce n'est qu'en remontant l'allée que je me souviendrai que ce n'est pas fini. Qu'il faut encore l'enterrer. Ma grand-mère m'expliquera qu'il est trop tard. Que la terre est gelée et que le sol sera difficile à bêcher. Elle m'ouvrira la barrière pour que j'aille mettre la brouette dans le verger, hors d'atteinte de Roc et de Tempête.

Elle criera : Ferme bien la barrière derrière toi !

En revenant du verger, je remarquerai à nouveau cette lumière venue du sol, suffisante pour voir où poser mes pieds, pour ne pas trébucher sur les taupinières. Je retrouverai ma grand-mère dans la cuisine. Elle réchauffera le reste de soupe au potiron et puis posera sur la table une casserole pleine de blanquette de veau.

Elle dira : Demain, j'appellerai Dirk pour qu'il vienne creuser une fosse. Je sourirai. Ce sera la seconde fois que Baron fera venir Dirk sans que je puisse le voir. Avant d'aller me coucher, j'irai planter une bêche dans la terre pour indiquer à Dirk où il doit creuser. L'herbe craquera sous mes pas.

En rentrant de l'école, j'irai voir la tombe toute fraîche, derrière les groseilliers à maquereau. J'enlèverai mes gants et je poserai mes mains à plat sur la terre gelée, jusqu'à sentir le bout de mes doigts enfler. Je me rendrai compte qu'il était mon préféré à moi aussi.

Table

Vous souhaitez recevoir des informations sur nos parutions ?
Inscrivez-vous à notre newsletter sur notre site www.lerouergue.com !

Votre livre est fabriqué en France sur un papier certifié PEFC,
pour une gestion durable de la forêt.

Ouvrage réalisé par Cédric Cailhol Infographiste

Achevé d'imprimer en mars 2021
par l'imprimerie Corlet à Condé-en-Normandie

Dépôt légal : mai 2021
N° d'impression : 21030072

ISBN : 978-2-8126-2196-3

Imprimé en France